日本人は何を捨ててきたのか

思想家・鶴見俊輔の肉声

鶴見俊輔　関川夏央

筑摩書房

目次

第一章　日本人は何を捨ててきたのか……11
近代日本が見失ったもの……12
戦後日本の「近代化」について……12
戦中の自分を何が支えたか……17
日本という「樽」……19
自在な個人がいた時代……24
「樽の船」で世界の海へ……27
明治国家を作った個人たち……34
個人を消した「樽」……37
二〇世紀に進歩はなかった……41
アメリカと明治国家、成り立ちの違い……48
「樽」の外の世界といかにして繋がるか……51
ナショナリズムに対抗しうるもの……54
「樽」の中にも「樽」……60

『世界史』という本の中の日本……64
いい大学からいい会社へという幻想……66
成長とは違う新しい歩みの道……69
「スキンディープ」とは何か……73
安上がりの占領のために……77
「消極的能力」……80
反省の「有効期限」……83
「受け身」の知力……88
悪人としての生……91
再び個人は現れる？……96
沖縄がになう未来……99
河野義行さんの語り口……105

戦後体験と転向研究……113
ドイツ語通訳として封鎖船に乗る……113
「この戦争は負ける」……120

正義以外の受け皿を……125
大村収容所廃止運動……133
なぜ交換船に乗ったか……139
「言葉のお守り的使用法」が「デビュー作」……148
「いい人」は困る……153
「転向研究」へ……157
高度経済下での転向問題……167
敵対するものの顔に似てくる……173
常に疑うこと……177
思想の体系化から遠く離れる……180
二百年の幅で現在を……183
サークルという場……185
気配を読む大切さ……187
自分はちっぽけだという考え……190
均一化を避けるということ……194

第二章　日本の退廃を止めるもの……199

変わらない日本人の心……200
「一番病」……200
劣等生を重んじる態度……205
「残像を保ち続ける」……211
細やかな世界の大切さ……216
道は一つではない……220
知識競争するインテリ……226
明治以前の「日本型近代」……228
一九〇五年——退廃の始まり……232
日本人の未来像……240
「庶民」とは何か……240
「知識人」への疑い……243
「不良の花道」……246

「できる」ことの弊害……254
江戸から地続きの時代……261
戦後文化の新潮流……271
不条理な怒りと作品の関係……277
日本の偉大な思想……288
近代日本の過ち……295
「ただの人」というあり方……299

鶴見俊輔先生の「敗北力」 関川夏央……309
この本への感想 鶴見俊輔……322
文庫版のための「あとがき」 関川夏央……325
解説　さようなら、鶴見さん 高橋秀実……329

日本人は何を捨ててきたのか

思想家・鶴見俊輔の肉声

第一章　日本人は何を捨ててきたのか

近代日本が見失ったもの

戦後日本の「近代化」について

関川　「日本人は何を捨ててきたのか」。今日は、このような大袈裟なタイトルになっているのですが、できるだけ優しい言葉で、また気軽な気持ちで、しかし真面目半分で、でも、やっぱりみんなに笑っていただくような、いいお話ができたらいいなと思っています。

この対談が始まる前の雑談で、鶴見さん、連歌連句について話されていました。そういうものは、わたしはほとんど、あるいはもう完全に消えたと思っていたのに、少し残っている、または形を変えて残っているというお話にはとても驚きました。そういう意味では、日本人は、しぶといというか強いですね。

鶴見　俳句は、ものすごく偏った日本だけのものと思っていたんですが、実は、海外の文化に非常に影響を与えているんですね。俳句と連句、「リンクト・ヴァース(Linked verse)」ですね。少なくとも、これは近代ヨーロッパにはないものだったんです。

関川　そうですか。「リンクト・ヴァース」というんですか。

鶴見　そうそう、びっくりしたんですよ。それも習いたてなんですね。連句ができると思っていなかったわけ。

関川　連句、できますか、ヨーロッパ語ですよ。

鶴見　できないと思うでしょう。しかし、できないと思っているのをやってみたらできるんで、自分たちでびっくりしているわけです。

関川　外国人は、そういうのを面白がりますか。

鶴見　彼らにとっても大変面白いんですね。連句をやってみたら、自分の中から意外なものが出てきた。わたしの経験でいえば、メキシコでは人気がありました。

関川　相手の作ったフレーズに引かれて意外なものが出る面白さ、というか発見なのでしょうか。

鶴見　そうそう、そうそう。わたしは、もともと詩を書く能力を少しもっていたんだけど、即興的に人が何かいって、それに対してわたしが句を作るなんていうことはできないと思っていた。あるとき、「やってみろ」といわれ、これがやってみるとできた。すごいね。

イギリス、フランスもそうですが、メキシコでは、もともとシュールレアリスムが入っているので、メキシコでいま最も本の売れる、オクタビオ・パス（メキシコの詩人。一九一四〜九八）が林屋永吉（メキシコ研究者。一九一九〜）の助けを得て『おくのほそ道』を訳している。

関川　パスが芭蕉を？

鶴見　パスは面白い人物です。インド大使になってメキシコへ行ったときに、オリンピックが開かれていた（一九六八）。そのとき、政府はデモの学生を殺したでしょう。パスは、それに怒って大使を辞めちゃった。パスはそれまで女性を連れていって、彼女に司会をさせていたので、外務省は非常に嫌がっていたんだけども、断じて籍を入れない。ところが、このときには、パッと辞表を出して、ヨーロッパへ行ってから籍を入れた。そういうところ、面白いでしょう（笑）。

関川　意外なところに俳句の影響がおよんでいるものですね。

鶴見　パスはその当時、メキシコで文章を書いて暮らしができるほとんどただ一人だった。だからインド大使を辞めるのも平気なんですよ。もともと若いときから外交官で、スペインに行って、メキシコ政府が、ときのフランコ政権に反対しているからスペインの民衆に共感を持ち、いろんな詩を作っていますね。これには、シュールレアリスムの影響があるでしょう。

関川　わたしは一九五〇年代に小学校教育を受けましたけれども、先生たちは俳句や連歌などは過剰にナショナルなもの、先生によっては恥ずべきもの、という感じで、芭蕉なんかもいやいや教えていたという記憶があります。

鶴見　世界の人前には出せない、恥ずかしいものという考えだったんでしょう。つまり、戦後の日本の近代化というのは、そういうものだった。だけど、いまは、実は、俳諧が、近代の日本が世界に対して、日本らしい場所を切り開く道だと考える人も出てきた。

ブラジルには、日本人がとても多い。ブラジルに移民した一世が最初に、「歳時記」を日本語で書いた。それが今度はポルトガル語で訳されて、日本語を全然知らない日系二世、三世が、その「歳時記」を使って俳句を作るようになったんですね。

関川　『日葡辞書』の逆ですね。

鶴見　日本人の一世から二世、三世へ伝わる。これは明らかにインターナショナルなものですよ。

関川　しかし、ブラジルの「歳時記」はだいぶ季語が違うでしょうね。

鶴見　そう。それは日本語で初めに書いたというのが原型だったんです。ブラジルに長いことといた高浜虚子（俳人。一八七四〜一九五九）の直接の弟子ですね。自分でブラジルの風物によって新しい「歳時記」を書いた。それがポルトガル語に訳されて、その「歳時記」とまじわって日本語を全然知らない三世が俳句を作るようになったんですね。

関川　そういえば、サンパウロの日本語の新聞には必ず俳句の欄があって、結構、盛況なんですね。非常に不思議に思っていました。

しかし、わたしの中での教育というか、考えの型というのは恐ろしい力を持っていて、やはりいまでも、俳句などは外国にはとても通じない恥ずかしいことじゃないかとつい思ってしまう。なのに、自分の中ではどうも俳句が好きなところがある。その引き裂かれ方がいやでした。

鶴見　日本の近代文学史の中で桁外れの作品を書いて、日本の伝統とほとんど縁がないと思える埴谷雄高（作家。一九〇九〜九七）がね、「芭蕉はいい」という。埴谷は芭蕉の影響を受けているんです。そこが面白いじゃないですか。

関川　面白いというか、びっくりしますね。

鶴見　埴谷さんは、芭蕉は非常にいいと思っているんですよ。ヨーロッパやブラジルでのことを考えると、俳句、連句には、逆転の利がある。それが、未来の上にあるわけですよ。

関川　しかし埴谷雄高と俳句、そして芭蕉。とても不釣り合いな感じがします。鶴見さん、ご自身はどうなんですか。俳句などはお好きなんですか。

鶴見　好きですね、確かに。

戦中の自分を何が支えたか

関川　鶴見さんは思春期以降の時期、アメリカ文化の中で育ちましたが、それ以前の記憶ということでしょうか。

鶴見　そうですね、わたしの十歳を考えると、陰険な好色漢でペダントと自分で自己評価していました。その判断は事実に合っていた。それが、いま七十四歳ですが、その判断はだんだん、だんだん体の中に沈んできて、十歳のころは生きている癌のようなものだったんだが、その癌がだんだん、だんだん縮小されてきて、自分の中の小さい癌になって残っている。残っていることは残っているんだ。しかし自分の中でも暴れないし、外に対しても暴れない。

戦争中に自分を支えたのは、この自分の中のまさに悪人の部分です。自分は悪人だから国家をなしている善人に屈しなかった。でも、そのことは悪いとは思っていたんですよ。みんなが一億玉砕といって戦っているとき、わたしは全然違うことを考えているんだから。必ず負けると思っているし、日本は正しくないと思っている。そのとき、自分を支えたのは自分の内部の悪人です、自分の中の癌なんです。それが、まだ残っている。いまも大体似ているね。でも、癌は縮小されている。その癌が自分を支えているんですよ。パラドックスなんです。

関川　癌と共生しながらの人生。

鶴見　十歳のとき、もう自分の外面そのものが癌化していた。それは、いまは縮小されているんだ。しかし、やっぱり働いているんだね。

関川　十歳のときのご自身を、陰険な好色漢で衒学的とは。普通、そういうふうにいいますかね。

鶴見　小学生の仲間に「おい、シェストフ的不安を知っているか」と一発かませるわけ。ひどいもんですよ。それは悪いヤツだね、ほんとうに。しかし、それは自己卑下ではなくてね。自分がそうであった、そういう自分がいまも自分の中にいるということの自覚だな。

関川　それは悪いヤツです。しかし、鶴見さんのその後のお仕事などから考えると、ちょっと想像もつかないことですね。

鶴見　それは、わたしの書くものの中にひそむ倍音を耳で探り当てていないからです。……そうですね、関川さんの書かれたものをずーっと読んでいて、エッセイ集が面白いと思う。自分はいまがいやだから、昔の森鷗外、漱石、二葉亭四迷につきあう。そういう人たちが夢見た女性像を追う。ここで、わたしの感じと微妙な食い違いがあるんです。「わたしは陰険な好色家でありペダントだった」と常に思っているんです。その部分が、自分の底に沈んできてね、いまは湖底の村みたいになっているので、いまですと、そういうといくらか誇張しているように聞こえるかもしれない。でもね、六十年前は誇張ではなく事実だったんです。いまも昔の姿について、その自覚を持っているというのは、ある程度努力して保っているところもあって、そこから見るといまは住みやすいんですよ。いまの自分を受け入れやすい。そこに、あなたとわたしとの間で微妙なちがいがある。

日本という「樽」

鶴見　関川さんは、いまをいやだと思っているでしょう。

関川　いまがいやだというのは、いまの自分がいやだということで、自分の責任なんですね。世の中が悪いとか、世の中が自分をいじめるとか、そういうトーンではなくて、やはり何かわたしの中にも、自分に対して忸怩《じくじ》たるものがあり続けているということです。

鶴見　書きものをするときでも、気分がそこのところで微妙な食い違いがあります。わたしだと「ああ、俺はひどかったな。いまもひどいな。いまもひどい自分がいる、それを忘れまい」。そうすると、いまは昔に比べれば受け入れやすいから、いまの状況を見ていても「おお面白いな」とね。そういうことなんです。

関川　ここから見える乱開発の見本のようなあのひどいはげ山も受け入れますか。

鶴見　開発で山がはげてしまった。困るけどね。抗議はしますが、現代に埋め込まれている〝地雷〟の一部でしょう。でも、日本の政府は、かつてのように「一億玉砕」なんていっていないわけだから、「まだまだ」という（笑）そういう感じなんだよ。

関川　（笑）。まだましだというのですね。あのはげ山は、しょせん営利でやったことだからと思われる。

鶴見　そこが、同時代に対する微妙な食い違いだね。関川さんのエッセイをずーっと読んでいて感じるところですね。

関川　わたしなどは、自分の性格に帰するところなんでしょうが、どうも昔の方がよかったような気がする。遡れば遡るほど、よい時代であったような気がするんです。しかし、実際に生きていると、下降史観というか、昔の方がいいという考え方が通用しないと分かるんですけれども、ついついそう思ってしまう。とりわけ日露戦争（一九〇四〜〇五）より前の日本、あるいはもっともっと前の日本の方が面白そうだな。あるいは幸せそうだなという気がするんです。鶴見さんはお考えになりませんか。

鶴見　トレヴェリアン（イギリスの歴史家。一八七六〜一九六二）の『イギリス史』という本があるんです。ちょっとコピーしてきました。

一三八二年、ウィクリフ（宗教改革の先駆者。一三二〇頃〜八四）という人がいた。この人はオックスフォード大学の教授なんだ。それまではラテン語で聖書を読ませて説教していたでしょう。ところが、ウィクリフは、日常の英語で聖書を書くのがほんとうだと思って、弟子たちと協力して聖書の試訳をして完全に新約聖書を作っちゃった。そのことで、普通の日常の英語で神の言葉に接することができるようになったでしょう。いまや、彼の力で誰でもが日常語で聖書が読めるようになった。法王はローマの国家権力の作ったもので、それに支持されたものなんだ、とね。ところが、当時としてはウィクリフの行為は異端です。そのことによって、ウィクリフ自身は殺されなかったんだが、彼の弟子たちは殺されちゃう。彼もオックスフォードから追放されてしまった。それからまる百年、オックスフォードの学問は衰えるばかりで自主性を失った。一三八二年から百年。トレヴェリアンは、そう捉えている。百年後に、です。これが「うねり」だと思う。

日本の明治以後の歴史家で、トレヴェリアンのように百年の「うねり」を、日本の学問史として捉えることができる人は、わたしが知る限りはいない。東京大学だって、できてわずか百二十年にも達していないわけだから百年の「うねり」なんてね。京都大学だって百年に達していないわけだから、百年の「うねり」といっても無理なんだけどね。しかし、そういう学問史を書くほどの学者が日本にいないという制約を、日本の学問が負うている。その自覚がないということです。日本の学問にとって、明治国家というのは巧みに作られた立派なものなんですよ。明治国家というのは、すごい装置なんです。

わたしは癌に罹っていて、心臓の手術も二度やっているんですが、そのへんの坂を上がるのが困難になってきましてね。坂を上がるときに自分を勇気づけるため、ふっと歌を歌うとね、

〽遼陽城頭夜は闌《た》けて

が出てきてね、これ、歩調に合うんだ。あの歌、全部いえるんだ。なんだっけな。そうそう、

〽霧立ちこうむる高粱《こうりゃん》の—高粱が出てくるんだ—

〽中なる塹壕声絶えて—この後、けしからん考えが出てくるんだ—

〽めーざめがちなる敵兵の胆鷲かす秋の風—

ね、けしからん思想でしょう（笑）。

でも、それがわたしの中にも入っちゃっている。日露戦争で橘中佐が死ぬときの歌。わたしが育ったときは、みんなが知っている歌。だから、一歳、二歳のときはそれを歌って遊んでいたわけだ。

関川　日露戦争の歌で遊んでいたんですか。すごいなぁ。昔だなぁ。

鶴見　そうそう。その中にいたんです。けしからん思想は、いま、わたしがそれと向き合ったところにいるつもりであっても、リズムとしてわたしの中から自然に出てくる。つまり、心臓の調子が悪くて、自分を勇気づけるために歩調を取ろうとして坂を上がろうとするとどういうわけか、その歌が出てくる。小学唱歌になり、その中にわたしは閉じこめられているということなんです。明治国家は実に巧みに日本という「樽」を作ったんです。

その「樽」の中に自分もまたいるんだね。もちろん東大もその中にすっぽり入っていて、その中で近代化を主張していた。しかし、そのことに自覚がないということが問題なんです。だから、東大教授になった、助教授（現・准教授）になった、助手になっても、大体みんな名刺を刷るでしょう。そして、名刺の交換をやる。文部省（現・文部科学省）の課長、局長と名刺交換をやる。三井、三菱みんなそうでしょう。この名刺の交換というのは個人がないということなんですよ。何々藩の何々のほうがましでしょう。

自在な個人がいた時代

鶴見　ところが、一八五三年より前でいうと、ジョン万次郎（一八二七〜九八）は十四歳の漂流者としてアメリカへ行き、船長に連れられて東海岸に行き、ものすごく真面目で成績がいいんだ。頭がいいだけじゃなくて、自分で身を立てなけりゃいけないと思って、桶屋の修業をやって、自分で桶を作れるようになった。すごい人間です。いまでもアメリカで住んだフェアヘーブンという小さい町の褒め者ですよ。

関川　あの人は土佐の漁師ですね。

鶴見　そうです、十四歳。なんにも教育がないんだ。

関川　コドモですね。

鶴見　万次郎というのは一個の個人なんです。ロシアの方に行った大黒屋光太夫（一七五一～一八二八）もそう。ロシアの女王エカテリーナ二世に謁見して、女王に強い印象を与えた。

関川　伊勢の船乗りですね。

鶴見　その話はセルゲイ・エリセーエフ（ロシアの日本学者。一八八九～一九七五）から初めて聞いたけども、この光太夫の前に伝兵衛という漂流民がいた。一八世紀初めです。彼らが、日本語の字引のもとを作って重大な業績を残している。個人ですね。

どうして一八五三年以前に個人がいたのか。そして一八五三年以後、明治以後に近代的自我を目標として一生懸命、自覚のないままに、日本という「樽」の中で養成してきたんですね。で、個人はいなくなってきたんです。

関川　名刺を交換する人になった。

鶴見　そうそう。その欠落に東大教授は自覚がない。自覚なしの百年の「樽」の中。戦争が十五年続けば、彼らの思想が集団として崩れるのは当たり前でしょう。知識人としての思想性が、国家の思想性と同じ形をしているのだから。思想の借り物をブロックを積むようにやってきたからです。ヨーロッパで新しい人がでてきて、これが新しい思想だとなると、みんな同じような口調になるでしょう。例えば、社会学のスペンサー（一八二〇～一九〇三）がいいとなると、スペンサーを全部暗記できるわけ。日本だけですね、そういうことをするのは。アメリカやイギリスで、スペンサーを全部暗記できる学生なんていませんよ。ところが、日本ではペラペラペラ全部いえるわけだ。崩れるほどの個人はいない。

関川　祖述の鬼ですね。

鶴見　美人は皮一重というけど、それは皮一重の皮膚の上のお化粧なんです。顔を洗えば、それは剝がれるでしょう。その顔を洗ったのが戦争なんだ。十五年も顔洗ったら化粧はみんな剝げちゃう。だから、「一億玉砕！」という思想に対しても、もっともらしく順応する。大学で美濃部憲法を学んでも、社会に出てね、裁判官になった人たちが全部、ファシズムの方へ行くのは当たり前なんだね。「樽」の中にいるんだから。

関川　一八五三年というのは黒船が来た年ですね、嘉永六年。維新は一八六八年。

鶴見　それより前には個人がいたんですよ（笑）。万次郎や光太夫みたいに。

関川　その前に個人はいて、黒船が来たとたんにいなくなっちゃった。

鶴見　そうです。黒船が来て、それから坂本龍馬（一八三五〜六七）、高杉晋作（一八三九〜六七）といった個人がものすごく努力して苦労して、その結果、死ぬんだけども、そのあと生き残った人、井上馨（一八三六〜一九一五）にしても伊藤博文（一八四一〜一九〇九）にしてもみんな個人です。

その個人が努力して明治国家を作るんだけども、明治国家そのものがうまく「樽」になった。その「樽の船」で世界に漕ぎ入れたら、それがねぇ、ゴタムの三賢人とかジャンブリーズの乗る船が沈むというのではなく、うまく航海がいった。そこには、世界の情勢が働いたというだけではなくて、驚くべき人間が船頭だったからでもあるんです。そこには個人がいたことは確かだけども、個人の偉大さというだけじゃなくて、「樽」の力が働いたんです、まだね。

「樽の船」で世界の海へ

関川　「樽」は個人が集まって作ったわけですね。「樽」は中に乗せた人々を守ったけれど……。

鶴見　その前に波があった。つまり、コルテス（征服者。一四八五〜一五四七）がアステカ帝国（現・メキシコ）に攻め入った。アステカ人は外来人が来るから歓迎しようということでご馳走を用意し、そのご馳走を食べさせた。コルテスの部下たちは、スペインよりもアステカの方がずっと食べ物がよかったと書いているでしょう。ところが、コルテスたちは、初めから彼らを虐殺するつもりなんだから、ご馳走食べたあと、みんな殺しちゃった（一五一九～二一）。インカ帝国（現・ペルー）に行ったピサロ（征服者。一四七五頃～一五四一）はもっとひどい。ものすごい虐殺と略奪を目的として行くのだから、話し合いも何もあったものじゃない。

関川　それは文明的な方が負けますね。

鶴見　そうでしょう。インカみたいに高い文明をもった側は負けるんです。

今度はもうひとつの別の通路をもっていた者は、インドを通って中国へ行くんだけれども、インドでセポイの反乱（一八五七～五九）を鎮圧する。だけど鎮圧しているうちに兵站線《へいたんせん》が遠くなる。利益どころじゃなくて相当につらくなり、その征服の波が日本に達したときには、衝撃力は弱くなっていた。アヘン戦争（一八四〇～四二）もあった。そういう世界の情勢の中で、日本は「樽の船」で世界の海に入っていっても沈まなかったんだね。ゴタムの三賢人の目に遭わなかった。

もちろん、個人も偉大でした。岩倉具視（一八二五～八三）も伊藤も、軍隊でいえば大山巌（一八四二～一九一六）、児玉源太郎（一八五二～一九〇六）もいる。だけど、個人が偉大であるだけじゃなくて……。

関川　運もよかった。それに中国が防波堤というか、一度波を受けてくれた。

鶴見　インドの防波堤、中国の防波堤。あるいはメキシコ人の防波堤、ペルー人の防波堤。それが日本を守るように働いた。だから、その人たちに助けられている。五百年という「うねり」の中で見るとね。

関川　日本は大昔から最果てでしたけれども、そのときも最果ての利点があったわけですね。

鶴見　ヨーロッパの侵略の力がだんだん弱まってきた。そのために一八五三年から、一生懸命作った「樽」で航海に成功したんです、貧乏な国が。樽の航海の最後は日露戦争に負けないで終わった。そこが終わりなんですよ、樽の船の終わり。その後、「樽」で作ったものをもう少し改装すれば、日露戦争のときに下瀬火薬もできたことだし、やれると思った。ところが別の習慣を作っちゃった。「樽」の中で養成した人が、個人ではなくなったんです。

関川　なるほど。明治の四十年余りで、個人ではない何者かを作っちゃったということですね。帝国大学卒業生をはじめとして。

鶴見　「樽」の中の学習というものは、学習塾としては非常に優れたものだった。正しいことは先生が知っているので、パッと先生の顔を見て、表情を読むことができれば高点がとれるわけ。「はいはい」と手を挙げ、いちばん早く正解を読み当てるやつが首席。そんなふうに首席の癖がついてきたんです。だから、小・中・高・大、高文（高等文官試験）まで行けるじゃないの。高文の問題は東大法学部の先生が作っていたんだから、そうなるでしょう。イヌの読心術が「樽」の中の学習だ。

関川　でも鶴見さん。日本は十五年も戦争をして顔を洗ったら、それは剝げちゃったとおっしゃった。しかし戦後もやっぱり、そういう勉強の仕方で臨めば、いまでいう公務員試験上級にも通りますね。そういう人たちが官庁や役所に入る。いまでもまったく同じじゃないですか。

鶴見　「樽」を維持したのは、アメリカが戦後の日本の占領の費用を安上がりにするのに便利だったからです。「樽」を壊したら大変なことになります。アメリカの判断で、この「樽」は温存されたんです。文部省は残り、東大も残った。そうなると、「樽」の中の学習も同じでしょう。もとと同じブロックを積んでいく学習で素早くちゃんとやればいい。そして、今度は経済戦争に切り替えた。今度は朝鮮戦争で、朝鮮の被害に助けられた。セポイの反乱、アヘン戦争と同じなんだ。

……日本人は一億人いますから、顔を洗わないですっぴんで歩いている人も何人かはいたんですよ。

埴谷雄高はそうでしょう。中学生のときに、新宿かな、洋画を見に行った。まだ活弁（活動写真弁士）だった。真っ暗な劇場の中、魂を揺すぶられるわけだ。『カリガリ博士』の始まり。闇の中の「キャー」という声は徳川夢声（弁士、作家。一八九四～一九七二）ですね、サイレント映画なんだから。徳川夢声は府立一中だけど、一高の受験に失敗するから旧制高校に入れない。ドイツ語なんかしゃべれないから、カリガリ博士のテクストを見てもドイツ語から訳したんじゃなく、自分で映画を見て自分でせりふを工夫した。それは、徳川夢声の台本なんだ。

関川　徳川夢声のカリガリ博士になっちゃった。

鶴見　その映画を、少年の埴谷雄高は見た。少年の丸山眞男（思想家。一九一四～九六）も同じように映画館の中にいて、「人殺し！」に魂を揺すぶられたんですよ、二人ともそれぞれにね。同じ日に見たとは思えないけど。関川さんの漫画（『「坊っちゃん」の時代』）の手法でいえば、同じ日に見ることになるんだよ（笑）。そういうことになる。

埴谷は丸山さんとの座談会で「天才徳川夢声」といっている。それは、徳川夢声が宮本武蔵の朗読をラジオでやったからというんじゃない。カリガリ博士の映画を、夢声のせりふ付きで見たことが、丸山眞男にも埴谷雄高にも影響を与えていたんです。埴谷の方は、先に行くと共産党の指導者が牢屋へ入っちゃうから、農民運動の指導者の一人になる。もう鬱屈した気分でね。戦争はどんどんどんどん進む。そんなある日、『大地』という映画を見る。

関川 パール・バック（アメリカの小説家。一八九二～一九七三）原作の、イナゴの大群がでてくる映画でしょう。

鶴見 役者は、ポール・ムニ（アメリカの俳優。一八九五～一九六七）が中国人の農民に扮した。

関川 白人が中国人をやっている。

鶴見 中国人農夫の細君に扮したのがルイーゼ・ライナー（ドイツの女優。一九一〇～二〇一四）なんだ、オーストリアから来た。その二人が中国人をやっている。苦労して営々辛苦してやる。そこにイナゴが、「うわーっ」と出てくる。そんなシーンは鬱屈した日本と全然違うでしょう。埴谷さん、一人で拍手してみんなに怒られたというんだね。

その前にイプセン（ノルウェーの劇作家。一八二八～一九〇六）の『ペールギュント』を帝劇で観ている。これは友田恭助（俳優。一八九九～一九三七）なんだ。初めに影法師が出てくるわけ。そのボイグと友田恭助が格闘する。そこにサーチライトが当たって、とてもよかったといっていた。埴谷は「頑張れボイグ」と、のっぺらぼうの影法師を応援するんだね。こうした埴谷さん、「樽」の中の大勢と全然違うでしょう。化粧していないんだ。「樽」の中で生きたが、「樽」の端っこの方でね。彼は台湾で生まれたから、その「樽」がどういうものか、日本という「樽」の重みを受けて重圧に苦しんでいる台湾の人間の顔を覚えているんだね、育った台湾で。これも重要でしょう。

関川　埴谷さんが台湾出身だということは、とても意味が深いことだったわけですね。

鶴見　そうそう。

関川　それは戦争中に見られた映画ですかね、埴谷さんが。

鶴見　そうです。中日戦争です。『大地』はそうです。だけど、その前の『カリガリ博士』は大正時代です。イプセンの『ペールギュント』を友田恭助がやったのは演劇史を見ないといつだったのかはわからないけども、名演技だったというね。

関川　友田恭助は昭和一二年に上海で戦死しますから、それ以前ですね。埴谷さんも、そういう映画とか大衆芸術が好きだったんですね。

鶴見　そういう中にいるから埴谷さんが作ったいろんなものは、ヨーロッパにこういう観念があるから、シュティルナー（ドイツの哲学者。一八〇六～五六）を読んでこうなったとか、いやキルケゴール（デンマークの哲学者。一八一三～五五）はこうだというのと違うでしょう。自分の内部に、埴谷さんの日常性の中に受け皿がある。そこが違う。

埴谷さん、寝たきりになっても瞼を押すと、瞼の中でチカチカと光が出てきて、満天の星が見えるといってました。外の世界の宇宙と、自分の内部の瞼を押して闇を深く深くすると満天の星が見える。それが埴谷さんの日常の受け皿なんだ。美人は皮一重とか、皮の上にお化粧するというのと、ずいぶん違う人生だね。

明治国家を作った個人たち

関川　明治国家を作った人々は個人であった。一八五三年、黒船以前の日本人はどれくらいの割合で個人だったんでしょう。

鶴見　みんなじゃないけれど、それこそ見本で、ランダム・サンプリングでバーッと世界にばらまいちゃうと、万次郎みたいに傑出した人間が現れた。学校から離れて捕鯨船に乗っても、みんなの選挙で副船長になるんだから。

関川　しかし、その当時でも保守的な藩に勤めている侍は、やっぱり名刺を出すスタイルだったのでしょう。

鶴見　上の方はそうでしょう。だけど、伊藤博文は下の方だから、自分で肥樋を担いで野菜作っていた。もう下の下ですよ。そういう人間は、船に乗ってイギリスへ行っても途中で水夫の手伝いをやったり料理の手伝いをやったりしてね。で、向こうに着いたら、すぐ長英戦争（一八六四）を聞いて帰ってくるわけでしょ。

関川　ほとんどコックをやりに行ったようなものですね。

鶴見　だから、旧知のアーネスト・サトウ（イギリスの外交官。一八四三〜一九二九）が、長英戦争で長州が負けて談判をしに行く。煙が残っている下関にあがっていくと、彼らを迎えるのは伊藤博文でね。伊藤は下関じゅうを駆け回り、洋食の材料になりそうなものをかき集めて、自分で指揮して洋食を作るんですよ。サトウは饗応されて「自分は、日本で最初の洋食の饗応に与った」と自伝に書いている。だから、伊藤博文は日本の最初の総理大臣だけども、誰が……。

関川　日本最初の洋食のコックだとは……。

鶴見　そうそう。誰が洋食を自分で作って出せるか。そんな首相は、ヨーロッパにもアメリカにもいないでしょう。

関川　器用というか、自在な人ですね。

鶴見　そういう人がヨーロッパから来た大使公使の間に立ち、列国の首相の間に立ったとき、自ずから別の風格があります。見る人はわかる。それは個人なんです。

関川　ははぁ。ただ、そういう人も歳をとるといけなくなるんでしょうか。

鶴見　ジキル博士からハイド氏に向かうみたいで、だんだん、だんだん上の位置に行くにしたがって人間の自由は阻まれていく。選択肢が狭まってくるんです。そのときに大きな勝負をできる人というのは、なかなかいない。

ただね、「樽」の中の学習でいくと、地位が高くなればいろんなことができると思っているんだね。選択肢が大きくなると思っているわけ。そんなことないんだよ。高文に受かって外務省の官補になって、上にいけばいくほどだめなんだ。でも、ぎりぎりのところで、これということをやった人はいますよ。それは、ユダヤ人を救った杉原千畝《ちうね》（外交官。一九〇〇～八六）です。すごい人です。彼は、日本総領事代理で、外務省の反対を押し切り、「私の一存で」とユダヤ人をナチスから救った。そういう人はいる。わずかな選択肢の中のぎりぎりのところで投げているので、野球の投手でいえば、ワンポイント・リリーフでしょう。ほんとうにぎりぎりの勝負だね。

関川　彼はリトアニアでしたね。そういう人もいるけれども、そのくらいの地位になると例外でしょうか。

鶴見　スウェーデンでは、小野寺（信。一八九七〜一九八七）駐在武官がそうなんだね。「日独防共協定を結ぶな。ソ連でドイツは負けている」と電報をうち続けた。それが全部、黙殺されてね。でも、彼らはどうしてクビにならず殺されなかったのか。それは若いときから品行方正で、侍従武官になるでしょう。天皇家に近いところにいくと、そう簡単に消せないいんですよ。彼の夫人の親は父方、母方両方をたどっても明治初期の大将なんだ。明治の日本は経歴を重んじる。そうすると簡単に殺せないんだね。そういう変なことで助けられているけども、しかし、彼が伝えた正確な情報は全部黙殺された。それは二冊の本が出ているし、小野寺夫人（百合子）が書いているから正確でしょう。彼らのおかげで命が助かったユダヤ人がカナダで証言するところをテレビで見たことがある。『バルト海のほとりにて―武官の妻の大東亜戦争』という本です。夫妻の命は残ったけども、二人のすすめた選択肢は生かされなかった。

個人を消した「樽」

鶴見　……大学にいたころ、わたしの下宿の隣の部屋に東郷文彦（外交官。一九一五

〜八五）が引っ越してきた。彼が、「戦争になったのはよくないが、どうすればよかったというんだ」。彼もわたしの親父と同じように、一高首席、英法科も。そのころはもう英文科と改編されていたが、東大から外務省へ入って、外務省から派遣されて海外へ行ったんだ。

関川　ハーバードですね。朴茂徳すなわち東郷茂徳（外交官。一八八二〜一九五〇）の……。

鶴見　茂徳の養子になった。当時は本城といった。そのときに「いったいどうしたらよかったというんだ」。ちょっと怒って、そういうんだよね。その問題なんだね。彼はすでに官僚としての身分を持っていた。健康さえ保てばトップまでいけるし、実際、彼はトップまでいった。外務次官になったし、官僚として、アメリカ大使まで いった。

とにかく、わたしがいいたいのは、「辞めりゃいいじゃないか」ということなんです。だけど、その身分をもって名刺を持っている以上、選択肢はない。

関川　身分と名刺を持ってしまった以上。

鶴見　上にあがってからトップまでいったんだけれども、選択肢は結局なかった。しかしもっと偉大な彼の義父は、選択肢ぎりぎりのところを行使した。それは敗戦のときです。それから、開戦のときも一生懸命やった。最後の最後まで日米交渉を続けたでしょう。東郷茂徳は偉い。それはもう選択肢が狭まった中でやっている。義父を助けたという意味では東郷文彦は偉い。もちろんこの戦争も大負けに負けることは初めから彼にはわかっていた。初めて会ったときから彼はいっていたけども、大内兵衛（経済学者。一八八八〜一九八〇）を非常に尊敬していたね。ハーバードではスウィージー（アメリカの経済学者。一九一〇〜二〇〇四）のゼミナールをとっていた。だから、ある種の社会主義経済学ですよ。だが、そういう選択肢を生かす道は官僚である彼にはなかった。

関川　伊藤博文のような、青年期から壮年期にかけては自由自在な精神をもった個人が、一生懸命、「樽」を作って、その中にみんなが入る。その結果個人がいなくなる。とても皮肉なことですね。個人が作っても、結局、それは個人が活躍する場所にはなり得ないということでしょうか。

鶴見　そういうふうにうまい「樽」を作ることは難しかったんですね。児玉源太郎は幕末の奇兵隊の伍長です。馬に乗れないで自分で走り回っていたんだ。彼が日露戦争のときは全部の指揮を執った。すごいね。その彼が担いだ「ガマ坊」とあだ名されるて大山巌は、縁戚の西郷隆盛が殺されてから絶望してフランスへ行く。そのときは陸軍少将だからお金はあるので、フランス語を一生懸命習っていた。

関川　普仏戦争（一八七〇〜七一年）のとき以来二度目ですね。

鶴見　大山巌に、フランス政府筋から、「あなたの家庭教師はナロードニキでロシア政府の尋ね者だから、日本政府の高官としてよくないじゃないか」と伝言がくる。大山巌は「わたしも何年か前までは、政府のお尋ね者であって反逆者だった。ならばこの反逆者が明日の高官にならないといえるのか」と突っぱねちゃうんですよ。その個人教師が、レフ・メチニコフ（革命家。一八三八〜八八）なんだ。そのメチニコフをちゃんと日本に連れてきて、外語学校に雇うんだね。偉いんだ。だが、そのメチニコフは、日本の未来、つまりできかかった「樽」を見てあまりいいとは思わなくなり、アメリカへ行っちゃって死んじゃうんだ。メチニコフは明治時代について『回想の明治維新』（岩波文庫）というおもしろい本を書いていますね。

それから、メチニコフの弟（イリヤ・メチニコフ。ロシアの微生物学者。一八四五〜一九一六）がヨーグルトを世界に広げて、長寿の研究をやったでしょ。彼自身は、七十一歳で死んじゃうんだけども、ヨーグルトを発見するのが遅かった。弟もナロードニキでね。

関川　食べはじめるのが遅すぎた。惜しかったですね。

鶴見　五十三歳から食べているんだって（笑）。初期は革命運動をやっているから、ヨーグルトなんて考えなかった。だけどナロードニキの中にヨーグルト売りになった人がいる、生き残って後はヨーグルト売りになったんだ。メチニコフの弟は。だから、ヨーグルトを売るのもまた市民運動だと、わたしは思う。金芝河《キムジハ》（詩人。一九四一〜）をご覧なさい、津村喬（気功師。一九四八〜）をご覧なさい。やっぱりそういう感じでできているでしょう。市民運動とはそういう振り幅を持っているんですね。

関川　わたしは、金芝河はそんなによく知らないんですけれども、ちょっと劇的なところがありすぎる気がしないでもないんですけれども。

鶴見　彼は、いま、日常生活を健康の中でどういうふうに送るかということをいっている。それはそれでいいじゃないか、とわたしは思うね。

二〇世紀に進歩はなかった

関川　わたしは、明治のある部分には何か明るい要素も感じるんですね。ところが、その明るさは、個人が活躍し得たということによって保証されているんですが、思えばそういう明治時代を担った人々は、多くは江戸人なんです。「なんだ、明治人じゃないのか。明治人は何を作ったんだ」といったら、大正以降の時代なんですよね。そのへんの皮肉な事情には、いつも戸惑ってしまいます。ということは、江戸というのは、わたしが五〇年代の小学校で教わったような封建的な救いのない時代ではなかった……。

鶴見 そうではないでしょう。寄席のような偉大なものを作っているんですから。寄席というのはコクのあるもので、日本語を落語なら落語のように練り上げる。それを毎晩聞きに来る人がいたということでしょう、大変なことですよ。

関川 豊かな寄席を作るような文化、あるいは連歌でも俳句でもそうですけれども、そこからわれわれは退歩しちゃったんですか。

鶴見 （笑）。退歩って、そこにあったいいものを相当失ったことは事実ですね、そういえると思う。わたしは、「退歩」「進歩」という言葉はあまり使いたくないんだよね。市井三郎（哲学者。一九二二～八九）がいっているけれども、「科学と科学技術だけについていえることであって、前の者の間違いを後で試験によってちゃんと確かめて、後の説が前の説を含んでいく」。これでしょう、「進歩」というものは。

だけど、それは人間の生き方においては、科学技術と自分たちの生き方をなかなか調整できないから、かみ合いがわかっていない。わかっていないことを含めて進歩と考えたのが、一九世紀の間違いではないでしょうか。二〇世紀は進歩の時代じゃないですよ、どう考えてみても。大量虐殺の時代でしょう。アウシュヴィッツという収容所なんていうのは、一八世紀、一九世紀には不可能だった。だが、科学技術を使いこなすことによって起こった。広島、長崎への原爆投下も。

関川　それ以前は、ピサロとかコルテスのやり方ですね。

鶴見　自分の手でぶっ殺しちゃう。

関川　野蛮人が文明人を虐殺する。

鶴見　そこで、多くのものを捨てたということはいえますね。

関川　進歩についてはおっしゃるとおりだと思うんですけれども、わたしは先生の話をうかがったり、あるいは藤沢周平（小説家。一九二七～九七）の時代小説を読んだりしているときに、ものすごい懐かしさを感じると同時に、その時代に生まれ得なかったことを悔しいと思うことがあるんです。一方で、いまの世の中をかえりみますと、別にここで生まれなくてもよかったかもしれないなぁと思うんで、やっぱり退歩という気もしないでもないんですけれども。わたしの幼いころだけの記憶でも、たかだか四十数年前の記憶をたどっても、あのころの方が……。

鶴見　四十数年前はよかったんですよ、よかった。

関川　そうですか、ほんとですか。ずいぶん貧乏だったという記憶はありますけれど。

鶴見　駆け回る場所があったでしょう。

関川　はい。空は青かった記憶があります。貧乏であっても、どこの家も貧乏でしたから、いわば協和的に貧乏でしたね。

鶴見　それぞれ、「協和的に」という以外に人間になんの理想があり得ますか。これから人類は消滅すると思うんだけども、それに向かって行くときに、めちゃくちゃに殺人を犯すということももちろん一つの道としてあるし、そこから逃れられないでしょう。その中で許せる限り「協和的に」というのを探っていくことが、われわれの理想なんじゃないですか。

関川　もう少し美味しいものを四十数年前に食べたいなと思っていたとしても、だいたい三十数年前にその思いは満たされたような気がするんで、わたしとしては一九六〇年代の前半で時間を止めてもらいたかったという気がするんですけど。贅沢ですかね。わたしは、いまのように簡単に物が手に入り過ぎるのはいけないような気がするんですよ。そちらがむしろ退歩じゃないか、と常々思っているんです。

鶴見　シンガポールの軍港の中にいて、鉄柵の向こうにシンガポールの人たちの家がぽつんぽつんと丘の上に建っているんですよ。「ああ、この軍隊の中ではなくて、あそこにいて、じぶんの一部屋があって、そこでじーっとしていたら、それでもう十分だなぁ」と憧れがあったね。

関川　戦争中の思い出ですね。

鶴見　そうです。それは昭和一九年、一九四四年。その憧れ、いまもありますよ。いまは確実にじーっと座っていられるんだから、幸せですよ（笑）。

関川　幸せですか。

鶴見　だから、わたし個人としていえば、退歩と感じられないわけ。うーん、具合いいなぁ。つまり、幼いころは生ける癌だったのが、その癌も縮小しているんだから（笑）。

関川　そうか、あのはげ山ぐらいは、しょせん営利でやったことだから、現象に過ぎないと。

鶴見　抗議はするけど、むちゃくちゃ腹を立てて、ということじゃない。

関川　「進歩」「退歩」という言葉はデリケートすぎるから使わないとして、「樽」にこだわりますが、江戸時代に生まれた、自由自在な個人たちが一生懸命力を合わせて作ったのが「樽」ですね。

鶴見　そうです、偉大な個人がやったんです。

関川　必死だったと思いますし、上海を見学に行った当時のある人が、「これはいけない、緊急避難しなければならない」といっている。

鶴見　それは高杉晋作です。

関川　そういう思いがあったと思うんですよ。そういう志の高さ、あるいは緊急避難ということを含めて、やらなければならないことをやったあとで「樽」ができてしまったが、やっぱり「樽」には寿命があったということですか。それとも、それはその場しのぎのものだったということでしょうか。

鶴見　ものすごくうまく作られた「樽」だったということは、認めなきゃいけないんじゃないでしょうか。いまだ、わたしは小学唱歌に捉えられていますから。

関川　「橘中佐」。

鶴見　あの唱歌を通して、日本はこういう国だということが、わたしに入っちゃっているんだから。こういうことは、ほかの世界、ほかの国の歴史で類例を見ないです。伊沢修二（教育学者、晩年は貴族院議員。一八五一〜一九一七）が唱歌のプログラムを作るんだけど、伊沢修二は偉大だ（笑）。偉大だということは、「樽」もまた大きいということなんだ。

関川　「樽」には違いないけど、立派な「樽」だった。井上ひさしさん（劇作家。一九三四～二〇一〇）が、伊沢修二をお芝居にしたのを非常に面白く見ましたけれども、西洋音階とは別の日本音階を作り上げた人ですね。

鶴見　すごい人です。自分の考え方を持った偉大な政治家ですよ、だけど……。

関川　わたしたちもずいぶん先生からは遅れて生まれたけれども、伊沢修二的な歌声は心の中に残っていますよ。

鶴見　そうでしょう。

関川　「あれが日本なんじゃないか」「あれが明治なんじゃないか」というふうな思いはあるんですけれど。

鶴見　そうね。なんとなく爽やかでいい感じもあるんですよ。

関川　あります。

鶴見　だから、「あおげば尊し」の終わりのところで、

〽いまこそ別れめ

　いざさらば

ってあるでしょう。いい歌だね、あれは。

関川　最初、意味がわからなかったんです。「別れ目」があるのかなとか思いました。

鶴見　（笑）。だから、ああいうところがすごいんですよ。つまり、一種の共同体の中

でこうやってそれぞれの道へ別れていく。そこでいわれている〽身を立て　名をあげ　やよ　はげめよというのはいまのテレビで最大の視聴率とったとか、勲一等になったというのとは違うんだ。

関川　そうですね。

鶴見　〽身を立て　名をあげ

の「名をあげ」の名というのは、プーシキンの『大尉の娘』にあるでしょう。エピグラフとして使われているんだけども。「若いときから名を惜しめ」。この名というのは有名人になるということじゃない。自分の名前を大切にしろということなんだ、とね。

関川　恥を知るべきだとか、そういう意味。

鶴見　そうそう。誰でも、名前をつけられた家族の中では名前のある人なんだよ。その名前を大切にしようとね。グッドネームというのはそういうことなんだ。明治の中にそれがある。すごいね。

アメリカと明治国家、成り立ちの違い

関川　それなりに立派な「樽」なのに、なぜその「樽」が別の種の、個人でない人を作ってしまうんですか。

鶴見　やっぱりね……。

関川　でも「樽」を作らなければ、近代日本は生きられなかったともいえるでしょう。

鶴見　わたしは、十五（歳）からアメリカにいたんだけども、初めジョージ・ワシントン（アメリカ初代大統領。一七三二〜九九）が、なぜ偉いのかがわからなかった。戦争の司令官としたって大したことないし、ナポレオン（フランス第一帝政の皇帝。一七六九〜一八二一）に比べたってネルソン（イギリス海軍提督。一七五八〜一八〇五）に比べたって大したことないし、山本五十六（軍人。一八八四〜一九四三）に比べたって大したことないでしょう。児玉源太郎に比べても、もちろんそうでしょう。ワシントンは、どうしてなのだろう。文章を書くにしたって、ジェファーソン（アメリカ大統領。一七四三〜一八二六）ほどの文章を残しているわけじゃない。だけど、こうして七十四年生きると、わたしは思い当たることがあるんですね。

つまり、ジョージ・ワシントンは王になることができたんだ。その後の副大統領になったアーロン・バー（アメリカの政治家。冒険家。一七五六〜一八三六）は王になることを夢見たということで追及されるんだから、ハミルトン（政治家。一七五五～一八〇四）と決闘して死なせる。ところが、ワシントンは二期大統領を務めてからパッと辞めた。自分の公の生活よりも自分の私生活を好んだ。上に置いたんです。それがひとつの政治の型なんです。自分の私生活でね、何を食べたいとか、何時に起きて何時に寝るとか、誰とつきあうかとか、そんなこと、いちいち秘書官にゴタゴタいわれるのいやじゃない。

関川　いやですね。

鶴見　そうでしょう。だから、ワシントンの偉大さはそれにある。二期でパッと降りた。ここです。フランクリン・ルーズベルト（アメリカ大統領。一八八二～一九四五）は、戦争になったから三期やったんだけど、途中で死んじゃった。アメリカの大統領は大体二期で辞めていますね。

関川　自分がそうではないから、それは当然のことだと思いますけれど、もし自分がその立場だったら、王になりたいとは思わないまでも、なかなか辞めたくなくなるでしょうね。みんなが下にも置いてくれないというのは、なかなか忘れ難い快楽ではないでしょうか。それを捨てたんだとしたら、ほんとに偉いですね。

鶴見　捨てたって、ワシントンは裕福な人で自分の裕福な私生活を愛していたんです。

関川　経済的にも裕福でしたか。

鶴見　裕福です。だから、裕福な暮らしに戻ったんです。大したことないように見えますが、アメリカの政治の型を作ったことは事実ですね。驚くべき偉い人です。

関川　坂本龍馬が勝海舟（政治家。一八二三～九九）に「ワシントンの子孫は、いま何しているんだろう」と、尋ねたそうですね。すると、勝海舟は、「いまどこにいるか誰も知らない」と話した。坂本龍馬は、それを聞いたとたん、アメリカ合衆国の成り立ち方が瞭然とわかった。そういうエピソードがありますけど。

鶴見　そのときに「ああ、ワシントンは偉い。アメリカは偉大な国だ」と思ったんでしょう、その直観が重大なんです。

関川　それは個人の直観ですよね。

鶴見　いたんです、個人が。

関川　そういう個人が作ったのなら、やっぱり立派な「樽」じゃないですか。

鶴見　高杉晋作と坂本龍馬は死んだけど、あとに生き残った人間がいるでしょう。もちろん偉大な個人だった。でも、みんな華族にもなっている。

「樽」の外の世界といかにして繫がるか

鶴見　イギリスの古い大学では外科と工学というのは地位が低いんですよ。

関川　は？

鶴見　オックスフォードやケンブリッジは工学中心じゃない。神学から始まるからね。工学が盛んなのは、辺境のスコットランドにあるエディンバラ大学なんです。技師になりたい人はエディンバラに行く。ロバート・ルイス・スティーヴンソン（小説家。一八五〇〜九四）はエディンバラの工学部で勉強するんだが、親父が有名な灯台建築家だったので嫌々やらされていてね。勉強しない。ところが、同じ工学部に日本人がいて、英語が不自由なのにものすごく勉強する。スティーヴンソンはびっくりして、どうして勉強するのかたずねた。そうしたら、たどたどしい英語で教えてくれた。「自分たちの先生に吉田寅次郎（松陰。思想家。一八三〇〜五九）という人がいた。この人はこういう人で二十代で殺された。殺される日まで学問した」というね。それを聞いて、スティーヴンソンはびっくりしてね。自分は有名な建築家の息子で、学校がいやだから休んだり、英語が楽にしゃべれるのにこの程度の成績だ、こんなことやっていて……と。

関川　スティーヴンソンって『宝島』を書いた人ですか。

鶴見　そうです。それで、「これは大変だ」と思ったんだね。彼は世界で初めての吉田松陰伝を書くんだ。『吉田寅次郎』という、日本語に訳すとかなり長いものです。

関川　スティーヴンソンがですか。

鶴見　そうです。

関川　まるで知りませんでした。驚いたな。

鶴見　大変な感銘を受ける。だけども建築はいやだといって、工学部を辞めちゃう。そしてアメリカ人の子持ちの女性と恋愛して、その連れ子のために地図を書いてやったりしているうちに書いたのが『宝島』。

関川　その場しのぎのお話をどんどん広げていったら、『宝島』になったんでしょうね。

鶴見　彼は近代文明を超える別の生き方があるということだけは忘れなかった。やがて南海の海に行って果てる。だから、彼にとって伝説の中にいる吉田寅次郎というのは個人なんです。

関川　そうか。個人なのか。

鶴見　スティーヴンソン、日本からの一人の留学生の話に感銘した。その話をした正木という人も個人です。

だけど、その後、「樽」を作って「樽」の中で養成された個人が個人じゃないんだ。自分は近代的自我だと思っている。そこが始末が悪いんだよ。それがまずい。

関川　しかし「樽」の中で育った人は、「樽」の上に見える空しか空ではないと思うはずですね。それは致し方ないことでしょう。「樽」を壊すしか個人に戻る道はないわけですが、そんなことは……。

鶴見　そうじゃないんだなぁ。

吉本隆明（詩人、評論家。一九二四〜二〇一二）は、「樽」の中にいるものはゆっくり「樽」の中を見回すことによって、「樽」の外の世界と繋がるといった。これは、わたしを批判した言葉なんだけれども、当たっている。

関川　それは、埴谷雄高のようにですか。

鶴見　わたしはその影響は受けている。吉本のその一発は、やっぱりわたしを捉えたね。だから、吉本の影響を受けているといえる。わたしはもう「樽」の外に、それから出ていないんだよ（笑）。出ていないけど、べつに「樽」の中の人間になったってわけじゃない。だから……。

関川　「樽」の中にいても、「樽」の中の人間ではない人もいる。

鶴見　そうそうそう、ありうる。

ナショナリズムに対抗しうるもの

鶴見　わたしは十五歳から十九歳の終わりまでアメリカにいた。十九歳の終わりに交換船に乗って日本に戻ってきた。アメリカの牢屋からなんだけれどもね。

関川　アフリカ回りでしたよね。

鶴見　そうです。

関川　旧ポルトガル領モザンビークのロレンソ・マルケス（現・マプト）に行って。

鶴見　そのとき、アフリカに三日いたんだけれども、シンガポールで一時、下りた。シンガポールには、子どものときから知っていた永田秀次郎（官僚。一八七六〜一九四三）という人が最高軍政顧問でいた。ここで、わたしは「シンガポール虐殺」のことを知った。日本に帰ってきたら、しばらくして新聞に連載小説が出ている。『花の町』っていう小説で、井伏鱒二（小説家。一八九八〜一九九三）が書いている。わたしはそれを見て大変に驚いた。あからさまには書かれていないけれども、明らかに、その後ろには「シンガポール虐殺」が背景としてあるんだ。

関川　井伏鱒二がねぇ。

鶴見　「シンガポールを攻略して日本がアジアに光を輝かした」。そんなもんじゃ、全然ないんだ。小説は、普通の身辺雑事なんだけどね。そのとき、井伏さんにものすごく勇気づけられた。

井伏鱒二が戦前から書いていた『へんろう宿』とか『多甚古村』と同じ方法です。どこへ行ったって、その隣に人が居るでしょ。それをちゃんと書くんだね。そのやり方です。それはおそらく一八五三年以前のやり方でしょう。それが、井伏鱒二につながっているし、木山捷平（小説家、詩人。一九〇四～六八）が戦争のことを書いた『長春五馬路』という作品があるでしょう。あの作品もやっぱり、そういう心境をずっと書いているね。その道は今も流れていると思う。この道はある。

関川　しかし、隣に人がいる、あるいは、どこが垣根だかわからないような町並みや家々がある、そういうことはいまは得難いというか、現実にあり得ないものではないでしょうか。そういう一八五三年以前的世界が、かりに最近まで残っていたとしてもいまはない。もう井伏鱒二のようには書けませんでしょう。

鶴見　ビルがあって、その中でひとつひとつの個室に核家族を作って、路地がなくなって子どもを学習塾にやる。その方法によっては、近代的自我なんて出来ないね。

関川　個人と塾では無理ですか。

鶴見　そんなやり方が出現する前に、むしろ万次郎とか伊藤、井上みたいな個人がいた。

関川　いまの子どもたちはみんな賢そうな顔をしていますが、塾から家に帰ってくるとカプセルのような部屋に入ってしまう、そんな感じがします。

鶴見　イチローはコンビニが好きでしょう。

関川　宮古島へキャンプに行ったとき、「コンビニがあったらなぁ」といったそうですね。

鶴見　イチローが取材に答えて「コンビニがあれば、それで自分は生きていけるんだ」といった。コンビニに行くと、そこで深夜の一二時、一時になっても入れるし、誰かが入っているし、そこで必要なものは買って食べることもできますね。

関川　はいはい。

鶴見　あのコンビニというのは、「消費者主権」というときに、デパートとか大きなセールの消費者主権とちょっと違う消費者主権のあり方ですね。

関川　むしろ町内ですね。

鶴見　そうそう。一種の郷土主義というか、テリトリーが自分の拠り所になるということを安田常雄（歴史学者。一九四六〜）がいってるけれども、なるほどと思いましたね。それはジョージ・オーウェル（イギリスの作家。ジャーナリスト。一九〇三〜五〇）のいった「ペイトリオティズム（patriotism）」。この「ペイトリオティズム」というのは、ナショナリズムに対抗することになるんです。

関川　日本語に訳すと愛国主義？　愛郷主義？
鶴見　そう。郷土主義なんだね。
関川　郷土主義か。
鶴見　郷土主義。つまり、（両手を回しながら）このへん、四方の感覚ですね。
関川　そうすると翻訳が悪いですね。学校では愛国主義というか、否定的に教えられましたよ。ナショナリズムと同じでしたね。
鶴見　そういうふうな流れもあるんですが、それをはっきりひっくり返したのが、オーウェルなんです。オーウェルは「ペイトリオティズムというのはナショナリズムの逆のものだ」とはっきりいっている。ナショナリズムだと常に普遍的になり、スラブ普遍主義とかパンアメリカン、こう、全部を包んでしまう。
関川　そうすると、湾岸戦争では郷土愛好者というロケットが飛んで行ったんですか。ペイトリオットという。
鶴見　あれはナショナリズムなんです。ペイトリオティズムというのは、むしろコンビニだね。
関川　コンビニですか。
鶴見　コンビニに買いに行って、結構うまいもの食べられるじゃないですか。カップラーメンを食べている。

関川 でも、あそこには会話はないですよ。確かに何時でも誰かいますけれどもね。みんな沈黙のままです。

鶴見 しかし親しみはある。

関川 居てもいい場所という感じがします。

鶴見 そうそう。どこでものこのこ行ける場所。だから、あそこから考えていくと、日本の体制をすぐには変えることはできませんよ。だけども、そこには明らかに何かがうねりとして動いていく、未来に通じるものがあると思う。いま「樽」を壊さなければいけない。今年内に革命を起こさなければいけないというのは、それこそ「樽」の中で養成された近代的自我の思想なんだね。そうじゃないんだ。

「樽」の中でふたつのものが起こる。ひとつは、明治国家を作った人の意図を超えてね。明治国家を作った人は、我々がどんなに貧しいかというのがわかっていて、ゆっくり漕ぎだしたんだ。児玉源太郎も大山巌も、そのことをよく知っていた。だけどもうひとつね。その中で育った人は、その中で一番になったりして高文に通っていくと、貧しさを忘れちゃうんだ。それに、「樽」の中で世界の先進の思想を身につけたと思っても身につけられるわけはないんだよね。それは皮一枚、すぐにはがれる。

関川　日焼けみたいなものですか、秀才の先進思想は。

「樽」の中にも「樽」

鶴見　そう。だけど、今度は逆に、世界への進出はそれとは別のものになった。ロシアで革命が起こってソビエト連邦（ソビエト社会主義共和国連邦）になったでしょう。その時にソ連政府のいうことが全部法則的には正しい、「世界はこれだ」。そういう考えを「東大新人会」が起こすんだね。そのころの一番は、教授よりもドイツ語もできるし、やがてロシア語もできるようになる。原典からちゃんと学んでね、教授が英語をもたもたしゃべっていると、「まどろっこしい。発音だって悪いじゃないか」、とね。「チーズ」のことを「チース」という。なんてくだらねえやつだ、となってね。そういうことが、教授への軽蔑の的になる。老教授が「チース」というと「あの野郎、「チース」なんていいやがって」。そういう感覚。それが積み上がっていって、この「樽」をぶっ壊してやるという運動が起こるわけだ。それが、「東大新人会」。当時の共産党のリーダーたち。

関川　悪を「エビル」と読んで「エビルさん」とあだ名された旧制高校教授がいたそ

うですが。

鶴見　しかし、十五年の戦争の間、持ちこたえられたか。持ちこたえた人もいます。わたしは、そういう人には脱帽します、十数人。なかには死んだ人もいる。死んだ人にも脱帽します。その点で、わたしは獄中共産党と獄死した人たちに対しては自分の敬意を撤回はしません。

しかし、「ソビエトで世界史の法則は決まった」「無階級社会がここにできた」。それが「一億玉砕！」と逆になるんだが、これまた、「樽」の中なんでね。

アイザイア・バーリン（ロシアの政治哲学者。一九〇九〜九七）は面白いことをいってる。このバーリンは、論理実証学をぐって日常的な立場にきた人なんです。彼は、ロシア圏から抜け出し、難民の立場を通ってイギリスに来た人なんだ。だから、彼は、現実の感覚というものがあるんだね。ところが、一九世紀のフランスの哲学者で、スペンサーに影響を与えたオーギュスト・コント（一七九八〜一八五七）はユートピアンになったんだ。なぜ、ユートピアンになったか。社会学というのを作った人なんだけど、法則を固くギューッと信じたんだね。これに対して、ウィリアム・ジェームズ（アメリカの哲学者。一八四二〜一九一〇）は、生理学に立脚する心理学というのを初めて作った人で、法則というのを緩やかにつかんだんです。ジェームズはユートピアンではない。だが、コントはユートピアンになった。なぜか。科学の法則をギューッと信じることによってユートピアン、科学を狂信した。「これが本物だ」と信じることによってユートピアンになったんです。バーリンは、コントに対してそう指摘している。これは優れた洞察力だと、わたしは思う。

「これが真理だ、手の内にいま自分は真理を握っている」という感覚を、わたしは疑う。むしろ、日本の村にある感覚みたいなもの、つまり、「あいつは変なやつだけれども、殺しはしない。八分にする」という方法に可能性を感じますね。「村八分」です。ヨーロッパでは魔女狩りでしょう。

関川 日本の村的なものの方に、可能性がある？ ずっとダメの見本のようにいわれてきましたが。

鶴見 そっちの方が、魔女裁判のような感覚よりも優れて自由主義なんだ。見ず知らずの人間が銭湯に入り、裸になって一緒にいるというのは優れた民主主義でしょう。これがとても洗練された民主主義だということがわからないで、「あんなもの銭湯デモクラシーにすぎない」なんて、大学教育を受けてよくぞいえたものだと思いますよ。

関川 それは恥ずべきことだと言われつづけてきた覚えがありますよ。白人には見せられないという感じで。

鶴見　混浴が村にあるということは、強姦、暴行に対するブレーキになっているでしょう。村の中では、混浴がそれを防衛する。そのことが重大なんだ。混浴は恥ずべきものだって感覚、どうかしているんじゃないの。

関川　わたし自身の考えじゃないですよ。わたしは一九五〇年代にそういう空気の中で育った、と。それをいう人がたくさんいたんですね。学校の先生をはじめ、「やっぱり混浴はいけない」とか「下駄は恥ずかしい」とか。

鶴見　法然院の管長だった橋本峰雄（哲学者。一九二四〜八四）は、自分の生きている間には実現できないけれども、何とかして混浴を実現したいものだという夢を抱いていたね。それが構想だ、と。「風呂の感覚が日本人の宗教感覚だ」と彼は書いている。

関川　それは卓見だ。いまでも、例えば外国のいい加減な旅行案内では、ほとんどビゴーの絵とおなじ混浴のイメージ、それにハイテクのイメージを重ねた滑稽なトーンで、わが国を紹介することがありますね。

『世界史』という本の中の日本

鶴見　その眼差しに問題があるね。アメリカのニューヨーク州にオネーダー（オナイダ）というところがあった。その「オネーダー共同体」は、誰ひとり性的飢餓に悩むものがないようなコミュニティを作ろうと思った偉大な村だった。全体が一つの性的な関係を持つコミュニティでね。ところが、そこに物好きな観光者がいて、「あそこへ行ったら誰でもやり放題だぜ」なんていったんで、そこから崩れて、つぶれたんです。それがオネーダー。そういう共同体がアメリカにあった。

関川　オネーダー共同体ですか。

鶴見　話を元へ戻すとね、こういうことがある。トムソンという、もう亡くなったイギリス人の書いた『世界史』という本があるんです。小さい、こんな本なんだけれどもね。彼は早く死んだということもあって、二〇世紀の前半しか書いてない。しかし、この本は、世界的な組織、世界的な運動をずーっと列記してて、そこには世界的な個人も入っている。サルトル（フランスの哲学者。一九〇五〜八〇）、ガンジー（インドの政治指導者。一八六九〜一九四八）、毛沢東（中国革命の指導者。一八九三〜一九七六）、ブレヒト（ドイツの劇作家、詩人。一八九八〜一九五六）も入っている。

ブレヒトの歌を書いたクルト・ヴァイル（ドイツの作曲家。一九〇〇〜五〇）も入っている。日本人の個人はひとりも入っていない。これは妥当か。わたしは妥当だと思う。さっきから話していることと同じでね。つまり一九世紀ならジョン万次郎、吉田寅次郎を入れてもいいと思った。そういう人をね。

関川　しかし二〇世紀になると個人の日本人はいなくなる。

鶴見　トムソンはイギリス人だから日本を軽視しているのかというと、そうじゃなくてね。日本という項目を索引から引くと、ほかの国よりたくさん出ているんです。どういうものがあるかというと、日本という土地の中で人がいろいろやったことは、二〇世紀の世界の中で大きな影響を与えている、という認識なんだ。明治国家を作ったというふうなことはいろんな人がやったわけだけれども、それが世界にものすごい影響を与えている。十五年の戦争もすごい影響を世界に与えている。ジークムント・ノイマン（政治学者。一九〇四〜六二）の『現代史』という本でも、ヒトラーに国取りの方法を教えたのは満州事変（一九三一年）だといっている。

満州事変、つまり、石原莞爾（陸軍中将。一八八九〜一九四九）たちなんだけど、その満州事変は、世界にひどいことを教えた。その意味だけでも、日本史はもう世界史から不可分になっている。だけど、そのもとは個人じゃないんだ。個人じゃなくて、この土地に住む人々が何事かをなした。それなんです。それは数千年の歴史を背景に持っている。満州事変では、大いに困るんだけど、『万葉集』の恋歌、相聞歌を生み出すのと同じ力がある。連句もそうだけど、簡単に協力態勢を組めるでしょう。それなんだね。

関川　日本文化には両方向の力がある。

鶴見　だから、この土地に住む人たちの力はこれからも続くでしょう。切断されるわけではない。高度成長というのが、むしろ例外的にヘンなことなんだね。もう一回、この土地に住む人間のつながりとしてやっていく必要があるでしょ。それは、排外的なものじゃなくて、さまざまなものを受け入れてやっていくようなもの。そう考えていけば、さっきいったコンビニというのはひとつの象徴にすぎないんだけれども、そういうものとして働いていけば大きなうねりの中では未来はあると思う。

いい大学からいい会社へという幻想

関川　鶴見さんがどなたかとの対談でおっしゃっていたんですが、なくした物が出てくる世の中、それはとてもいい、と。どこかに物を忘れるとそのまま置いてあったり、あるいは現金を入れた財布が届けられたりする。

鶴見　そうそう。家の近くに神官のいない神社があるんだけれども、そこに財布をわすれたんだけどあったり、帽子を忘れたら元と同じところにあったりね。

関川　これは本当に得難いものなんだけれども、近代とは関係があるのですか。あるいは明治国家以降の社会と。

鶴見　明治国家さえも、そうしたことを崩せなかったということですよ。

関川　ああ、そうか。

鶴見　それと、もうひとつあるね。

テレビで先日、見たんだけれども、外国人女性が日本人にいろんな仕方でケチをつけるんだね。悪いことばっかりいうんだ。最後に、日本人の記者が「みなさんいろいろ批判されましたが、何かいいことはないですか」と聞いた。すると、そこにいる各国から来ている女性が「遅くなっても家に安心して帰れます。自分の部屋まで」と話した。それは、ニューヨークでは確かにできないことでしょう。それを見ていて、やっぱりすごいと思った。こういう習慣は、じゃあいつ作られたのかといったら、ずいぶん昔に作られたものでしょう。

関川　鶴見さんね、あえて異を立てるようですけれども、例えばそれをカプセルのような自分の小部屋に住んでいるような子どもが試験の技術を磨いて、末は昔の高文試験を通って大蔵省（現・財務省）に入る。こういう人たちが主力になった世の中でも、それは維持され得るものでしょうか。最近では、さらに試験の技術は発達してきたし、同時に家庭では、まるでひとつひとつの部屋が別の家であるかのように運営されていますね。そういう未来にも、安全は担保されますでしょうか。

鶴見　試験の技術ってどんどん上がっていって、いい大学に入っていい会社に入って、あるいは、いい官庁の高官になって、ということで未来があるような幻想は、いつか崩れるでしょう。技術はものすごい仕方で進歩しているわけだから、すぐ古くなっちゃって、「あんなに古くなって」って。それこそ、「あの爺さん、名誉教授、〝チーズ〟のこと〝チース〟といいやがる」にね。試験の技術といったって、その程度でばかにされるものです。役に立たなくなってくるでしょうね。

　そしてね、定年になって家に帰ってくると細君と会話する方法が見つからなくなっていく。定年後、そこからの二十年は悲惨な最後ですね。そんな光景を家庭で日常的に見て、だんだん気がつくようになるでしょう。

関川　でも、最後の二十年にそれが身にしみたところで、壮年期の二十年に気づかなければ、ちょっと困る。それまでは、日本をまるで自分が経営しているかのような気持ちになっている。そういう、基本的に名刺交換会が大好きな人たちが、世の主流でありつづけるとき、忘れ物が出てくる世の中が維持されつづけるかという不安が残りますね。

鶴見　もっと前の時代でいえば、「遂に日本は世界の五列強に入った」、「いや、三大列強の中に入った」と、本気で信じていたときがあったでしょう。お金だけが頼りだと思っているときに、「隣の韓国はカネはないだろう」とばかにしていたが、いまはできなくなってきたし、シンガポールや台湾に対しても「お前、カネないだろう」なんてばかにすることはできない。中国もカネと技術の力で、やがて十二億中国人の中から技術的な天才は必ず現れます。それは中国五千年の歴史からいっても間違いないでしょう。その人たちが白人を使いこなすようになる。高度の技術的な力からいっても技術を引っ張る技術というものを作ってきますよね。そうなってきたら「舷舷相摩《げんげんあいま》す」。すぐに沈没するんじゃなくても、日本は肘を押さえられていくことになる。その中で、この土地の意味は何かということを考えざるを得なくなってくる。そのうねりですね。

成長とは違う新しい歩みの道

関川　鶴見さんは大分前、七〇年代の終わりぐらいだったでしょうか。日本の人口がもっと減れば日本は住みやすくなるだろう、半分ぐらいになるとちょうどいいんじゃないかとおっしゃっていましたね。現実にいまは人口停滞状態に入って久しいですね。まだ微増はしてますけれども、厚生省（現・厚生労働省）では人口予測の下方修正をせざるを得ない。間もなく人口減少社会になりますが、古典的な考え方では人口は活力です。人口減少だけではなく高年齢化が異常な速さで進む。わたしたちが実はその元凶なんですけれども、やがて人口の三〇パーセント強が六十五歳以上になるでしょう。それでも、いい世の中になるでしょうか。社会福祉の負担は重くなるでしょうし。

鶴見　敗戦後の思想達成の中の最良に近いものが人口の制限だったと思いますね。政府が音頭を取るのでもなく、国家権力によって強制するのでもなく、子どもの数が減ってきた。これが日本による思想的達成なんです。このことを成し得たというのは偉大なことです。これは連句ができるのと同じようなもので、人から人へと伝わっていった。連句の力とこの人口を抑える抑止力とは繋がっています。

関川　連句と繋がっている……。

鶴見　そうです。これは日本人の大衆的な思想の力なんです。これはいいですよ、やがては、老人人口が増えていくことによって、どんどん金儲けしてもっといい生活を、という動きは減速されます。老人が単純労働について、それを生かせるような場所を工夫するようになるでしょう。技術がそのように使われるようになる、それが未来社会です。

関川　なかば、わたしもそれが楽しみなんですよ。自分が歳とってもおそらく仕事はある、という思いがあるんですね、それだけ老人が多くなれば。老人は老人のために働かなければいけなくなると思うんです。

鶴見　そうです。

関川　でも、わたしたちはいわゆる団塊の世代で異常に数が多いんです。一年間に、二百七十万から二百八十万人生まれていて、いまだに人口構成グラフでは突出しています。ところが、いまは一年に百十万人以下しか生まれない。この差が大きすぎはしないか。一人で三人を支えるとまではいいませんし、老人は自活すると思いますけれども、急激すぎはしませんか。わずか四十五年でこうなってしまった。

鶴見　急激な変化です。それこそ技術革新を必要とする重大な変化です。

関川　重大です。革命ですよ。

鶴見　老人が老人を支える。その道を開くことです。それは、戦争のあの時代に二十《はた》歳《ち》までしか男は生きられないということになって、子どもが疎開して頑張ったでしょう。それと同じじゃないですか。子どもも頑張り、老人も頑張る。おそらく学校なんていう機能は、社会に出てからもういっぺん入っていくような、出たり入ったりするようなものに変わるでしょう。大学も同じ。それはいいじゃないですか。

関川　なるほどね。わたしも半分は、いいなあと思うんですが。

鶴見　未来はあるでしょう……。

関川　ただ世の中のみんながものすごくゆっくり歩くようになるだろうと想像すると、わたしどもは高度成長の子ですから、一抹のさみしさはあるという感じですが。

鶴見　日本の重大な芸能遺産は、例えば、能なら能でね。能は、ものすごくのろのろのろのろ歩いているじゃないの。

関川　はいはい。

鶴見　その歩き方は、別の時間を作り出すでしょう。ああいうものを範型として持ち、それをいまも失っていないということは大したことじゃないですか。

関川　でも、戦後日本もさまざまな意味で世界を刺激しましたね。とりわけ高度成長は東アジアに大きな影響を与えました。そこで、今度は日本が速く歩かなくなったら、韓国・ソウルが世界でいちばん速く歩くようになった。そのうちに、中国の深《しん》圳《せん》がいちばん速く歩くようになりました。みんな同じことをやっているだけじゃないですか。ソウルや台北はいま、豊かですけれども、やっぱり日本と同じ道を多少違う色に塗りながらも歩んでいるだけじゃないでしょうか。

鶴見 日本がゆっくり歩む文化の道を開けば、自ずから韓国も中国も日本をもう一度じっと見るようになるでしょう。世界はそういう構造になっているんですから。大体、今の六十億という人口は地球にとって無理なんです。六十億はすぐ百億になる。大変なことです。

「スキンディープ」とは何か

関川 最近の鶴見さんは、しきりに「スキンディープ」という言葉を使っておられますが、どんな意味でしょう?

鶴見 「ビューティ・イズ・オンリー・スキンディープ」といいますね。美人は皮一重。

関川 ああ、皮一重。

鶴見 ええ。だけど顔のしわが立派だとわたしは思う、そういう別の眼差しを育てていくようになるといいのではないですか。能、狂言はそうでしょう。かつてはそうであったし、これからもそういう方向に、つまり一八五三年以前の価値を少しは取り戻すことが重要だと思いますね。

関川　わたしの場合、しつこいようですが、高度成長時代のセンスが「スキンディープ」でしたから、日本が成長していくことは正しいことで、気分のいいことだったんですよ。右肩上がりのグラフを見るのが大好きでした。一人当たりのGNPがフランスを抜いた、イギリスを抜いた、そのくらいまでは、それが前向きなことだと信じていました。でも、はかない夢でしたね。そういうのを「スキンディープ」というのですか。わたしも、一時は信じていたんですが。

鶴見　長くは信じられないでしょう。いまは信じてないでしょう（笑）。

それでね、いま、「何がスキンディープなのか」というのは重大な問題なんです。ここで、簡単に答えられないかもしれない。だけど、間違っているにしても、その答え出しましょうよ。

関川　現在は何がスキンディープなのでしょう。「スキンディープ」とはうわべだけのことという意味？

鶴見　おっこちちゃうもの。

関川　表層的な。

鶴見　そうそう。

関川　顔を洗えば落ちるもの。

鶴見 そうそうそう。

関川 洗ってもなかなかこびりついて落ちないものもありましょう？　例えばみんなが会社に入りたがる。これも「スキンディープ」じゃないですか。

鶴見 そうそう、そうそう。会社員というのは不思議なものですね。

関川 何のために大学に入るかといったら、できるだけいい会社に入るためでしょう。そして、名刺交換会に出るためでしょう。だとしたら、相当な「スキンディープ」ですよね。昔を考えれば、みんなが職人だったり、芸や技に誇りや志がある人もたくさんいましたね。わたしの幼いころまでは、勤め人というのはそんなに尊敬されなかった。そこのところが、どうもわたしは「現代のスキンディープ」かなぁ、と思います。

よくテレビで発言される人がいますよね。わたしも人のことはいえないんですけれども、そういう人たちが識者とか知識人とかいわれますね。あれが不思議なんですよ。知識人などという階層がいまの日本にいるんだろうか。彼らの喋りが、どこかで聞いてきたことの祖述にすぎないとしたら、典型的な「スキンディープ」じゃないですか。

ひるがえって、いま日本には知的な大衆はたくさんいると思います。逆に大学教授大衆という層も存在しますね。ところが、わたしが知っている限りの大学の先生方は、どうも、そうは思っていない。やっぱり、自分たちは成功の階段を上った者、上りつつある者だというふうに考えておられる。それが、例えば物をなくしても出てくる世の中、あるいはコンビニの中で取り交わされるかりそめの交歓、そういうものとは相容れないように思うんですよ。こういうのも「スキンディープ」じゃないですか、現代の。

鶴見　大衆がいる。このことはすごくいいことだと思うんですよね。山田慶児（科学者。一九三二〜）が「日本が世界に輸出しているものは大衆文化だ」というんですけれども、これはオルテガ（スペインの哲学者。一八八三〜一九五五）が軽蔑的に使った「大衆」というのとはちょっと違う概念なんで、世界の中に大衆文化を出していくというのは面白いし、日本の文化は大衆の力だと思う。大衆といったときに、それをマスという言だけでは測れないというところに、日本の大衆の面白さがある。連句をやって楽しんでいたのは、マスとしての大衆じゃないでしょう。むしろ、日本でインテリがマスとして測れるということの方が重大で、こちらの側が「スキンディープ」だと思う。つまり、マスとして測れるような知識人を作っちゃったことは、とても具合が悪い。

鶴見　水木しげる（漫画家。一九二二～二〇一五）が、園芸学校に行こうとしたときに、定員が四十人で受験者が四十一人しかいないから、自分は入れると思ったというんです。だけど、「君はだめ」といわれた。四十一番だったんだね。

関川　あの『ゲゲゲの鬼太郎』が。

鶴見　水木しげるは、すごい知的な力を持っている。彼自身の昭和史が書ける人でしょう。妖怪辞典もね。お化けの力って大変なものですね。それが、四十一人しか受けに来てないときに、ただ一人切り離される。水木しげるのような知性を排除するということによって日本の知識層は成り立っているんだ。

関川　水木しげるは、相当なインテリですよ。

鶴見　そうです。

関川　人も作品もものすごく面白い。いわゆる知識人ではとても書けないものを書く人ですね。

鶴見　そうです。

関川　試験に落ちるんですねぇ。

鶴見　ええ。

関川　だったら、逆にその四十人のうちの、一番を落としちゃえばいいじゃないですか。

鶴見　そういう考え方が教師にあっていいんですよ。

関川　どうも、一番というのはあまりいいことをしないような気がするんですが。

鶴見　一番はさっきのね……。

関川　事務次官になるような。

鶴見　パブロフの犬なんです。人より速く先生の持っている正しい答えというのがパッと見えちゃう。それをやっていると困るんです。

関川　でも一番が偉いというのは、おそらく東京帝国大学ができたくらいから始まった考えでしょうが、戦後、そういう考えはますます強いじゃないですか。

鶴見　エジソン（発明家。一八四七〜一九三一）は、東大には入れない（笑）。

関川　戦後は民主の世の中になったと思ってましたよ、わたし。

鶴見　エジソンだけじゃなくて、アインシュタイン（物理学者。一八七九〜一九五五）も入れないでしょう。あの人も成績がよくないんです。「いま何がスキンディープなのか」というのは、とても面白い問題で、明治国家の「樽」の中で作ったやり方がずうっと敗戦後も、敗戦にもかかわらず踏襲されたからで……。

関川　むしろ強くなった。

鶴見　それは、アメリカの側からいえばわかるんだ。「樽」を温存しておけば安上がりの占領ができるから、占領の費用はとても安く済んだ。アメリカには文部省はないし東大もない。しかし日本を占領したときに文部省をつぶさないし、東大もつぶさなかった。「東大をつぶしたらどうですか」と占領時代の文部大臣（前田多門。一八八四～一九六二）に進言をしに行った勝田主計《しょうだかずえ》（政治家。一八六九～一九四八）という人がいたんだけれども、そのときの文部大臣の答えは「それでは、指導者の養成ができなくなる」だった。指導者はそのようにして作られている。東大を出た人は自分が指導者だと思っているから旗印はどうでもいいんだ。そういう気分ができる。

関川　共産党でもいいわけですね。戦前の共産党はほとんど全員東大でしたね。

鶴見　だから佐野学（社会主義運動家。一八九二～一九五三）は共産党に離党届出さないで、獄中でそのまま転向した、委員長のままでね。

関川　佐野（学）、鍋山（貞親《さだちか》。社会主義運動家。一九〇一～七九）の佐野ですね。

鶴見　それは、まさに佐野、鍋山個人ではなくて、東大というものの特質をよく現わしていると思う。

関川　脱党届を出さないで転向するということは、どういうことなんですか。共産党そのものが転向したのだと彼らは考えるわけですか。

鶴見　そう。だから実質的に、彼らの転向後、どんどんどんどん転向していった。

関川　そうでしたね。

鶴見　その意味では佐野の判断は正しい。だが、そのときに少数の人間が党に残った。これが獄中共産党です。ただひとつの戦争反対勢力になって頑張る。それはとても偉いんだけれども、しかし、トップの人間は少なくともソビエトが正しいというユートピアを自分たちは抱いている。結局、成績順になるんだね。そういうふうになっているというところに恐ろしさがある。

「消極的能力」

鶴見　アメリカの都合で、よく見えてくるんです。「樽」のままなら安くすむ。だけど、日本人の都合でいえば、根本的に具合が悪いでしょう。右翼的な立場でいって、戦前の方がよかったというのも、またそこに戻っちゃうのも変だけれども、根本の問題は少なくとも「指導者養成所」としての日本の学校制度は、あの戦後に片づいていないということがあるんだね。

関川　せめて東大だけでもやめておいてもらわなかったら、せっかく負けた甲斐はないように思うんですけれども。

鶴見　わたしもそう思います。永井道雄（社会教育学者。一九一三～二〇〇〇）が、入学試験をマル、バツではなくて、エッセイで書くように考えたんだけど、そのようにはなっていない。

……わたしにとっては、戦後五十年よりも戦時中の方が重いんです。戦時中の方が重いという感覚が重大なんです。漫画でこういうのがありましたね。「スキンディープ」じゃない方向、それは入れ墨をすること。

関川　ははあ。

鶴見　入れ墨をしている男が背中を出しているのがあるんです。「必勝」とか、そんなような言葉をね。

関川　はい。

鶴見　だけど、それを予言するような川柳が、戦争より前にあった。「母親は父の背中で萎びている」という川柳がある。「何々命」って書いてあるでしょう（笑）。あれはもう痛烈なものなんだね。それが、三十年経ち五十年経ち、母の名前が背中で入れ墨になって「何々命」とね。それが、老いたる父の背で、いや老いたる自分の背中で萎びている。これに耐えるような人生を生きられるか。これが人生の根本問題だと思う。

戦争という入れ墨をされた。だけど、敗戦後に、それを入れ墨と感じないで洗い落とせるお化粧のように思っちゃうところに日本の知識人の持っている思想性の浅さがあるね。それを取り戻すにはどうしたらいいかというと、問題を「本物の思想は何か」というふうに移したくないんですよ。本当はアメリカにあるのかなというふうに考えたくない。

関川　萎びたスローガンを背負ったままなのか。

鶴見　「ロマン・ロラン（フランスの小説家、思想家。一八六六〜一九四四）は本物だ」とかね。そしてね、次に「だけど、日本のロマン・ロランと称する誰々は本物じゃなかった」。

関川　そのいい方は、多かったですね。

鶴見　そういう話じゃないんだ。問題は、真理は間違いから、逆にその方向を指定できる。

こういう間違いを自分がした。その記憶が自分の中にはっきりある。こういう間違いがあって、こういう間違いがある。いまも間違いがあるだろう。その間違いは、いままでの間違い方からいってどういうものだろうかと推し量る。ゆっくり考えていけば、それがある方向を指している。それが真理の方向になる。

これは、わたしの考えです。だから真理を方向感覚と考える。その場合、間違いの記憶を保っていることが必要なんだ。これは消極的能力でしょう。たとえば、下瀬火薬を発明した、それは積極的な能力でね、日本海軍が日露戦争でポカンポカンと使って戦争の原動力になった。それは積極的能力です。そうではなくていまの負けたことは忘れない、失敗したことは忘れない。これが消極的能力だ。

関川　消極的能力、ですか。

反省の「有効期限」

鶴見　加藤典洋（評論家。一九四八〜）は偉いと思う。戦後五十年の論争、「無条件降伏があったかなかったか」。いや、「あれは条件講和だった」といった論争が続いてきたでしょう。加藤はそれを見事に取っ払い、「あの勝者、アメリカの後ろに原爆があった。原爆がここにあるということが実は無条件降伏を強いる力になっていた」と書いている。加藤の『アメリカの影』です。そこまで読み切っている。彼がそこに目覚めるためには長い時間が必要だった。原爆に撃たれたときに、撃たれた人たちは何が何だかわからなかったと思う。しばらく生き残ってもね。だけど原爆に撃たれて負けた。その敗者の記憶というのをしっかり受け止めるところから日本の未来が出てくるだけではなくて、人類の未来も出てくる。それそのものの力が消極的能力なんです。

この消極的能力を、日本人はもともとある程度は持っていた、ある程度はね。明治以後の「樽」ができちゃってから、それを継いだのは大衆小説家でしょう。中里介山（一八八五〜一九四四）、吉川英治（一八九二〜一九六二）、子母沢寛《しもざわかん》（一八九二〜一九六八）、みんな維新で負けた側の人たちなんです。負けた側からずっと見てきた。

……明治維新のときに負け組は落ち込み、吉川英治や長谷川伸（一八八四〜一九六三）は小学校も出てない。そういうところから出てきた人には、敗者の想像力が働いている。このことは、学校に行けなかった受験競争の敗者たちにアピールするでしょう。「立川文庫」もその延長線上に生まれた。猿飛佐助も霧隠才蔵もそう。これは負けたほうの、負けた後の豊臣秀頼方に立つわけで、その見方が連綿としてね、百年を通して流れ続けている。近代日本にその伝統があることはある。だけど原爆については、戦後、進歩派は何をやったかというと、これはもう「東大新人会」に返っちゃったんだ。「きれいな水爆」という。何ですか、これは。正しい政治思想があれば水爆を持ってもきれいだという。これは、バーリンが批判しているようなユートピアでしょう。それを科学的社会主義と称する。科学を信じる。その信じ方がユートピアンなんだ。結局、「勝てば官軍」。そのことを変形させて持っているんだね。

関川　昔、いいましたね。「アメリカ帝国主義」の水爆は汚いが、ソ連の水爆は「きれいな」水爆だ。「スキンディープ」の典型ですね。

鶴見　そうそう。勝てば官軍だから。

関川　いまでは、その話はなかったことになっている。

鶴見　問題は敗者の想像力を自分の側に持つ。「原爆で撃たれた我ら」という考え方を強く持つ。そこからやる。戦中のさまざまの記憶を保ち続ける。それが未来だと思う。つまり、もう刺青《いれずみ》しちゃうんだ。

関川　（笑）。しかし年を取ると辛いですね、刺青は。

鶴見　刺青に近いのだけれども、わたしは十年、いや十五年、代わりばんこに坊主になることをやっていた。安田武（評論家。一九二二〜八六）と山田宗睦（評論家。一九二五〜）とわたしとでね。

関川　敗戦の日にですね。

鶴見　八月一五日に。刺青ほどじゃないんだけれども、坊主刈りにしてのこのこ歩くのがちょっと、ちょっと恥じらいがありますよ（笑）。生き残ったという恥じらいです。

関川　坊主刈りの一件でお伺いしたいのだけれども、例えば、何かを始めるとき、いつまでと決めておかないと、だんだんとだれませんか。

鶴見　そうです。三人のうち、一人、頭がはげ始めたんです。それで、坊主になることに意味がなくなってきた。十五年戦争が続いたのだから、十五年で打ち止めということにして、その翌年からは、その日はただ集まって雑談するようになり、三人のうち一人が死んだので、いまでは集まりもなくなりました。しかし、いまでもわたしはひとりでも八月一五日に一食は抜きます、それだけ。

関川　その人がはげなかったら、もう少し続けたんですか。十五年の戦争だったから十五年つづけるという決め方もあるでしょう。わたしは、そういうのに意外とこだわるのです。歴史的反省というのはいつまですればいいのか、とか。

鶴見　無限にやるというのは、人間の能力を超えていますね。「ここまではやる」と一応決めるのが当然だと思う。だから三十三回忌で終わりでしょう、仏教でも。なかなか知恵のあることだと思います。だから、いまの坊主の話でいえば、一人が死んだからそこで終わった。だけど、一人がはげたということが原因で、十五年で打ちきった（笑）。

関川　その受け身の考え方の中から何かを探すという考え方に、非常に説得力を感じます。いつまで、と決めずにおいて、だれることをむしろ恐れます。

鶴見　受け身の能力が様々の力を持ってくるのには時間がかかりますね、受け身。わたしは子どものときから大失敗を常にやって、三度学校から放り出されてやめちゃった。わたしは小学校しか出ていません。惨憺たる失敗。だから、自分は生きている癌だという認識は強くいまもありますよ。

関川　本当に不良だったのですか。

鶴見　そうです。

関川　三回退学ですか。

鶴見　退校させられたのです。

関川　日本では小学校しか出ていない？

鶴見　そうです。

関川　小卒でハーバード大学卒ということになるわけですか。

鶴見　アメリカは過去を問わない（笑）。
関川　いいところへ行きましたね。
鶴見　そう。
関川　日本じゃとてもじゃないけど、上の学校に入れないでしょう。
鶴見　行けないです。
関川　そうしたら、日本では未来はなかったわけですか。戦前の日本では。
鶴見　なかった。
関川　良かったですね、行けて。
鶴見　そうです、それは感謝しています。運が良かったのです。

「受け身」の知力

鶴見　……受け身の知的能力に戻りますと、こういう話があるんです。高度成長が終わった頃に、上州（群馬県）の中之条で石碑を建てたんですね。「おろかもの之碑」というのです。戦争中にずっと翼賛運動をやってね、戦後に公職追放された人間が会を作り、醵金してその碑を建てたんです。戦争に対して、「こうだ」とはっきり裁定して、「だから平和は守らなければならん」とね、積極的ではないんだ。そうじゃなくて受け身のまま記憶をじっと保ってきた。そういう人たちが建てたんです。佐々木元さんという、NHKに勤めて終わりまで平社員だった人が、「集団の会」というサークル誌でこの「おろかもの之碑」について書いている。彼が、この碑を分析する手がかりとして引いているのが、丸山眞男です。「過去のナショナリズムの精神構造は、消滅したり質的に変化したというより、量的に分子化されアトマイズされて、底辺にちりばめられて、政治的表面から姿を没した」。ここなんです。そして、これからは佐々木元の文章なんですが、「この底辺にちりばめられた心情が、愚か者という時代の衣裳をこらして現れ、世間を戸惑いさせたという見方が可能である」。

つまり、ばらばらにしたけれども、その仕方で受け身の知力として残っているのです。これはどういうふうにして現われるか。時代によって衣裳が違う。それが保たれているということが重大なんです。だから、能力には積極的な能力、「ポジティブ・ケイパビリティ」に対して、受け身の能力、「ネガティブ・ケイパビリティ」というのがある。

関川　「ネガティブ・ケイパビリティ」とは、具体的にいうと何ですか。

鶴見　「ネガティブ・ケイパビリティ」というのは、パアーッと投げられたときに柔道でいう受け身ですね。

関川　それが。

鶴見　「ネガティブ・ケイパビリティ」というのです。自分の思想をグッと押し出すのはポジティブ・ケイパビリティなんだけれども、ここにいる人の影響を受けて、自分を変えていく能力がネガティブ・ケイパビリティです。両方とも重大なんです。この「ネガティブ・ケイパビリティ」を尊重することが、日本の文化の重大なものを保つ所以だと思う。連句などもそこから出てくる。

　イギリスの批評の中に出てくるんだけど、「ポジティブ・ケイパビリティというのはキャラクター」で、「ネガティブ・ケイパビリティはパーソナリティだ」とね。

関川　連句もねえ。

鶴見　パーソナリティというのは、変えていく能力でしょう。それなんですよ。

関川　そういえば、日本は昔から「ネガティブ・ケイパビリティ」に取り柄があったかもしれません。

鶴見　原爆に撃たれたということが、その道を通して生きることが、未来への世界的潮流になっていく。やっぱり、それに期待している。それは、「きれいな水爆」なんていうイデオロギーと結びつけて、ピンで留めたようにしてキャラクターを通してわかるのはまずいのですよ。「ポジティブ・ケイパビリティ」に早く転じたら、まずいところが出てくる。

悪人としての生

関川 鶴見さんは、ご自身のことを、繰り返し悪人と定義していますが、その悪人とは、どういうことなのでしょう。

鶴見 突っ込んできますね。

関川 (笑)。魅力ある概念だから、たんに知りたいだけです。

鶴見 悪人というのは、まず男女についての衝動が初めからあったということです。物心つくのとほぼ同じですね。お袋が厳しい人だから、それを悪だと感じること。それが基にあるような気がしますね。それから飯を食べるにも、お袋には正しい食べ方があるわけですよ。わたしが、そういうことに対してもことごとに反抗するから罰を受ける。ところが、ゼロ歳から二、三歳までだと、お袋の正義に対抗する、もうひとつの正義を自分の中にたてて しゃべれないでしょう。従って、お袋の正義の基準を受け入れて、しかし個別的に反抗する。パラドックスが生じてくる。これは、精神分裂病を作るとてもいい条件なんだ。それが二重拘束、ベイトソン(人類学者、社会学者。一九〇四〜八〇）のいうダブル・バインド。あとになってベイトソンを読んだときに、あのときのわたしの状態はまさにこれだったと手にとるようにわかったんです。ベイトソンの『精神の生態学』全体としてはお袋の正義を正義として受け入れて個別的に反抗する。それが悪人意識です。自分が自分として生きるには、悪人として生きるしかない。それがあるから、学校になんかに行ってられませんよ。何でもありでね。悪いことをする。悪いことをするのが、自分のただひとつの生き甲斐なんだから。

関川　異常な早熟ぶりですね。お気の毒です。

鶴見　だから、わたしは十歳の頃に女性に手紙を書いて血判を押したことがあります。その女性は今も生きている。それを考えると自殺したいね（笑）。

関川　十歳で、とはますますお気の毒です。でも、こういうふうには考えられないですか。単に早熟という災難を引き受けたのだ、とは。

鶴見　いや、お袋との関係でいえばそうですよ。人間というのは、自分が自分ではないんです。お袋が自分なんです。自分の生涯で初めて見る人なんですから。自分自身なんていうのは、後から意識に出てくる。だから、俺は悪人だというのは初めからですよ。

戦争中に軍隊に行くと、周りがみんな「一億玉砕」でしょう。わたしは、日本が負けることを願っているんだから。「ああ、悪いなぁ」と時々、告白して贖《あがな》ってしまいたいという衝動がある。その衝動を抑えたのは、自分の中で耐えたのは、わたしの中の悪人がわたしを助けてくれたからなんです。悪人がわたしを生かしている。いまもそうです。

関川 先生はその時代、「樽」の中にはいなかったのですか。「樽」の縁か外にいたのですか。

鶴見 小学校しか出てないから、海軍に入っても一番低い位置です。わたしと大学で話していた連中は初めから高等官ですから飯を食べる場所も全部違うわけだ。それが良かったね。下から見ることができた。

関川 ハーバード大学は、学歴に数えてくれないのですか。

鶴見 そんなもの数えませんよ。アメリカは敵の国で、そこの低い大学だと思っているのだから。戦後、それがひっくり返っちゃって、逆転が生じて、ハーバードはアメリカの東大だと思っているんだね。東大出るだけじゃハクがつかないと思って、大蔵省に入って、ハーバードの大学院に一年ぐらいいるとハクがついて、それで局長や次官になれるというわけだ。困ったことだね。だけど、それは誤解です。ハーバードを出ている二〇世紀のアメリカの大統領というのは戦前でいえば、セオドア・ルーズベルト（一八五八～一九一九）とフランクリン・ルーズベルトだけ。戦後ではケネディ（一九一七～六三）だけです。百年で三人しかいない。日本だと総理大臣の数を数えてご覧なさい。東大、その次は陸軍大学、海軍大学。あとはわずかですよ。事情が違う。誤解しているんだよ。

関川　宮澤（喜一。一九一九～二〇〇七）さん以降は、東大出の首相はでませんね。

鶴見　面白い、いいことですね。

関川　東大出が首相になりにくくなったのは、日本の変質を物語っているのでしょうか。

鶴見　結構なことですね。大衆的になったのです（笑）。

関川　今後は東大法学部出は、逆にややハンディになるかもしれません。

鶴見　次官止まりでしょう。天下りできるから裕福な暮らしが約束されてきたでしょう。だが、その道を絶たれたら、あまり東大に行きたくなくなるのではないかな。うん、未来は明るいですよ（笑）。

関川　鶴見さんは確か一九七〇年に同志社大学を辞められましたね。それまで二十年くらい大学の先生をされておられたでしょう。

鶴見　とんでもないところにいたわけです。

関川　大学を辞めるなんてもったいない、と「スキンディープ」の考えでは思うわけですけれども。

鶴見　そうですかね。

関川　そうですよ。とくに一九七〇年であれば。

鶴見　なんとなく京都へ来たのが振り出しなんです。だから、そのおかげで大学人となったわけです。いまだったら入れませんよ（笑）。

関川　最初に勤められた京都大学は、雰囲気も東京大学とは違うのでしょうけれども、先生方の中での居心地はどうでしたか。

鶴見　良かったですね。そのとき愉快だったので、京都にずっと四十五年住み続けたんです。東京へ戻りたくない。東京に行きたくないから京都に住んでいるのです。

関川　東京にいてはいけませんか。

鶴見　まずいですね。

関川　鶴見さんでも、いわゆる会社員的スキンディープになる機会があったでしょうか。

鶴見　なり得なかったでしょう。わたしが悪人であり、不良少年だから。それも、初めのゼロ歳からの反射としてそうだった。それが、結局、わたしの助けになったんだね。自分の内部の悪人の助けなしでは、いまくらいの仕事もできなかったと思いますね。

関川 誰でも多少なりとも不良であったし、不良であったといいたがります。害のないオトナの自慢として。しかし鶴見さんのお話を伺っていると、事態は深刻で、よく生き延びられたとさえ思いますが。

鶴見 そうですよ。わたしは、いまはもう毎日生きていることを祝福しています。お袋に叱られないから、毎日、飯がうまい（笑）。

関川 だけど、六十年以上前の話でしょう。

鶴見 お袋の影響というのはものすごいものですよ。わたしは何冊も本を書いていますが、全て、お袋に対する悲鳴のようなものなんです。お袋とわたしとの対話なんですよ（笑）。それだけ。お袋は、わたしに対して影響を与えたのです。戦争を生き延びたから良かった（笑）。

関川 すごい母上だなぁ。

再び個人は現れる？

関川　先ほど、日露戦争直後の空気と高度成長期は似ているとおっしゃいました。日本は同じことを繰り返すのですかね。

鶴見　もう、繰り返さないで終わりでしょう。これで終わり。

関川　これで終わり、ですか。

鶴見　ええ。その点が未来潮流というかね。未来は、わたしの基準からいえば暗くはない。

関川　暗くはない。明るくもない。穏やかであると。

鶴見　わたしの基準でいけば明るいです。

関川　要するに、激しく動く社会ではなくなるということですね。

鶴見　世界と問題が連続してくるということです。日本人が世界の問題を担う人間になっていくということです。原爆に撃たれたということは、世界の問題を非常に深いところで担うことです。その問題がわかってきて、それと取り組み続けていけば未来がある。

関川　しかし、そういう重たい問題がこの五十年あまり、日本人に大きな影響を与えたようには思えなかったんですけれども。むしろ活発な経済活動の中で未来を見つめようとした時期があったり、逆にその反動があったり、そういうことを五十年繰り返してきた。今後の五十年もかわらないでしょうか。

鶴見 五十年というより、百年です。「樽」を設計した人が非常に優れた人だった。「樽」の設計は見事だった。あの戦争にもかかわらず、敗戦にもかかわらず、その「樽」は保たれた。

関川 しかし、アメリカのある種の陰謀でもあるわけでしょう。

鶴見 そうです。だけど、このまま「樽」の中でずっといけると思っているのが、「樽」の中で育ったいまの政治家たち。だから「スキンディープ」といえば、いまの国会討論が一番「スキンディープ」を感じさせますね。「なあーんだ、何党だって、そんな」という感じ。

関川 いい返すようですけれども、「政治家なんて」とバカにする風潮も、わたしなどは、どうかと思います。そういう政治家を選んじゃうのは選挙民ですから。もし政治家がバカだと思うなら、憂国の思いを持って自分が選挙に出るべきではないかと思いますけれども。そういう感心しない流行というか、「スキンディープ」はありませんか。

鶴見 わたしは、政治家の家に生まれて育っていますけれども、政治家をバカにすることは自分をバカにすることなんです。しかし、やっぱり、自分をバカにして、その罪を負わなければいけないでしょう。だから、自分が政治家になるのではない。

関川　逆に、先生のおっしゃり方では、あの程度の人々で何とか国政が回っていくのは、穏やかで悪くない社会だともいえましょうか。

鶴見　日露戦争以後はしばらくそれができた。そして敗戦後も。朝鮮戦争（一九五〇～五三）で朝鮮人の犠牲によって助けられて復興して、またそういうふうに回せるようになった。それが、いまもそのルールでやれると思ってやっているのですよ。だけどもう続かない。

関川　だとしたら、ちゃんとした個人が出て、かつ政治家としてやっていかなければいけない。

鶴見　そうそう、また個人が現れるでしょう。

関川　現れますかね。

鶴見　必要がそれを作る。この土地に住んでいる人たちの力、いまの大衆の力がそうなる。それが重大なんです。

沖縄がになう未来

関川　東京大学は、また五十年元気でやっていくと思いますね。官僚を生産しながら。

この五十年、いろいろなことがあったにもかかわらず、同じことを続けているではないですか。

鶴見 沖縄には東京大学はないじゃないですか。その沖縄から個人が現れ、重大な思想が現れているじゃないですか。それが中央政府を批判している。これは「スキンディープ」ではない、別のものでしょう。受け身の思想、それが自分たちの中に深く入っているから譲らないのです、沖縄は。

関川 明治政府が造ったのは、百三十年ぐらいもつような頑丈な「樽」だったのですけれど。

鶴見 偶然、沖縄はその「樽」の外に置かれていた。薩摩と中国との両方の伝統を背負っているでしょう。

関川 鶴見さんみたいですね。大きな二つの存在の間にぶら下がっているというか(笑)。

鶴見 沖縄は未来を代表しています。沖縄の島に住む大衆の力です。

総理大臣と官房長官がいろいろな県に米軍引き受けを打診して歩いたでしょう。どこも断っていました。そのことは意味があると思うのですよ。日本の沖縄以外の本土は、誰もあの戦争に負けたことの責任をとりたくないのです。沖縄は地上戦になったただひとつの場所でしょう。そこに全部しわ寄せしていて平気だという、その排除という考え方。それが働いているのが日本国家なんです。

本土決戦というのは沖縄だけでやったのですから、それに対して償いを中央政府が持つのは当然だし、あの戦争は東京が命令したんですから、東京に軍事基地があって当然とわたしは思いますよ。当然なんです。それが常識でしょう。それが当然だという考え方が頭に湧いてこない。これがどうかしている。

関川 原発も、もっとも電力を消費する東京に、ですか。わたしもね、自分んちの隣に基地がくることを考えずにいいますと、やっぱり不思議に思います。頼みに行ったって、みんな断るでしょう。

鶴見 その論理が不思議なんです。だけど沖縄の場合には、ここでただ一つの地上戦が戦われて、明治以後に一度、琉球王朝を日本につぶされてとられちゃった。そうした記憶は拭えないでしょう。沖縄に住んでいる大衆が記憶を保っているのです、いまの受け身の知的能力ですね。だから、総理大臣が何回行っても、知事がその受け身の記憶を、大衆の記憶を後ろにしてものをいいますから、日本国総理大臣と沖縄県知事が対峙すると、どちらが個人としての見識があるかといえば、もちろん沖縄県の大田知事（昌秀。一九二五〜二〇一七）です。個人が出てくるのですよ。その形はとても明らかだと思いますね。死んだ人も全部生き返ってきて立ち上がり、個人の後ろに座っている。そうした受け身の記憶が日本にあって、それを生かせば日本に未来があるといったんです。そのひとつの形が沖縄に現われていると思う。

関川　首相の後ろには、戦争で死んだ人は座っていませんか。

鶴見　いない。排除しちゃった、靖国神社で。お祓いしちゃったんです。

関川　そうか、お祓いしちゃったのか。

鶴見　戦争というのは、殺した人間と殺された人間が、すーっと両方がせり上がってきて対峙する、この形がはっきり見えてこなければ、戦争を摑んだとはいえないのです。

　第一次世界大戦の終わる直前に殺されたウィルフレッド・オウエン（一八九三～一九一八）という詩人がいる。二十五歳で戦死した無名のイギリス青年です。その詩は「不思議な出会い」という詩なんです。それをブリテン（作曲家。一九一三～七六）は一種のオラトリオにして、「戦争レクイエム」というのを作った。そのときに、ブリテンの目標は初めから、一九一八年のオウエンのひとつの詩であり、歌う歌い手はソ連からと、ドイツから、イギリスから、アメリカからと、それぞれ選んで、「戦争レクイエム」を作ることだった。その形の元をオウエンが作ったんです。オウエンのその詩は、自分の殺した相手と地下の集会所のような不思議なところで会うんですね。自分が見知らぬ敵を刺し殺し、その敵とともに、地下の円天井の下に眠る。それが戦争の形なんです。

日本の戦争の記憶はそこまでいっていない。靖国神社が殺した相手への鎮魂の場としても開かれていれば意味があると思います。いや、死んだ人間と一緒にいるというだけで意味があると思う。いまの靖国神社の意味も認めますよ。だけども、それがもっと開かれていって、自分が殺した人間がすーっと向こうからせり上がってくる、これがお互い握手をして、これからは平和のために生きましょう、とね。これがイデオロギーなんだ。「スキンディープ」じゃなくて、ぐっとせり上がってくるでしょう。その群像として捉えられるときに、「スキンディープ」より、もっと深いところから記憶が保たれる。それは受け身の記憶です。積極的な記憶というのと違うのですよ。日露戦争の下瀬火薬と違うんだ。

関川　殺した相手は鎮魂しないのか。少し話が違うかもしれませんが、わたしは、日韓友好、日朝友好、日中友好などというときに、そういう地域を勉強すればするほど、何か友好という言葉にむず痒くなってきて、そのうちに厭な気分になることがあるんですが、そのせり上がりがないことが関係があるような気がします。

鶴見　日韓友好なら日韓友好でいえば、そこには個人がいたでしょう。金子文子（社会運動家。一九〇三～二六）がいた、浅川巧《たくみ》（工芸、陶芸の評論家。一八九一～一九三一）がいた。そういう個人を考えるときに、あの時代を背景にして、二人はよくもあれだけやったなぁ。そんな思いです。金子文子の場合には、大逆罪で夫だった朴《ぼく》烈《れつ》（社会運動家。一九〇二～七四）が恩赦を受け入れても、自分は受け入れなかった。すごい人ですね。学歴なんていうものはない。『何が私をかうさせたか』という彼女の自伝はすごい。浅川巧もまた学歴に関係ない。だけど、浅川巧が朝鮮の民具を集めなければ、柳宗悦の運動はありませんよ。柳宗悦（思想家。一八八九～一九六一）は東大出なんだけれども、自分の部屋に浅川巧の写真を掲げていたんですね。

関川　わざと皮肉なことをいいますけれども、柳宗悦の影響で、白磁、青磁の朝鮮、そんな静的なイメージができちゃったのではないのですか。

鶴見　朝鮮人の持っているおおらかなもの、愉快なもの、うねりですね。それは柳の初期の視野には入っていなかった。しかし、だんだんに入るようになっていったというのは、李《り》進熙《じんひ》（考古学者。一九二九～二〇一二）の理解ですね。朝鮮の民画というのは白磁と違うものですが、それを柳宗悦はいいと思うようになっていった。

関川　入っていけば入っていくほど友もできるし、嫌な面も見えるのですね。民藝という気持ちはわかるけれども、きれいごとではすまない。未開人の素朴の美ではない。どの地域の文化を勉強しようと、浅さ深さの差はあれ、やはり学ぶ者には泥沼なんですよ。

鶴見 それはそうです。だけど面白いのは、日本で最も洗練されたと考えている茶器が朝鮮の無名の人のもって来たものを自分の目で認めてできた。そして、民藝の運動ができた。これは大変珍しいことなんで、日本とアメリカ、日本とフランスの関係を考えるのとちょっと違うでしょう。

関川 違いますね。

鶴見 大変珍しいことです。

河野義行さんの語り口

鶴見 前にコンビニの話をしたんだけど、テレビに長く勤めていた新井和子さんという人が、放送局を辞めてからすぐに雑貨屋のことを書き始めた。雑貨屋が高度経済成長に敗れていくまでの姿を追ったんです。雑貨店を支えた品物は明治以前からあるものでしょう。その最後の品目をきちんと書いて本にしている。テレビに飽きたというか、そこに一生勤めた人間が、雑貨店にいくというのは対極なんで面白いと思うのだが、新井和子はその本（『雑貨屋通い』一九九二年刊）で、雑貨屋の終焉を綴った。それから一拍おいて、コンビニが興ってくる。そのうねりなんですよ。つぶれたと思っていたものが、案外つぶれていないんだ。

関川　しかしですね、一九七五年ぐらいに日本は変わったと思うのですよ。オイルショックの翌々年ぐらいですけれども、安定成長とかニューファミリーといわれた時代です。その頃、新幹線がどんどん延びましたね。同時に、駅前商店街がどんどん滅びていきました。そこには確かにいまコンビニはありますけれども、昔の駅前商店街の面影はないですね。これもうねりですか。

鶴見　未来には別のうねりがくるでしょう。例えば、原爆は世界的に大きなことであるし、また沖縄の地上戦も大きなこと、その後、起こったことでいえば、サリン事件です。サリン事件の初期の犠牲者（松本サリン事件）の河野義行さん、この人は犠牲者なんだけれども、警察の調査と新聞・テレビでは、初めは容疑者として報道されました。しかし、その人、河野さんの口調が実に穏やかなんですね。そのことにびっくりした。

関川　穏やかに反論されましたねぇ。

鶴見　そのうちに、もっと大きな別の力であって、警察が間違ったことが判明した。

その間違いを謝罪もせずに、「オウムはけしからん」と報道の切り替えが始まった。あのとき、「あーっ」という感じだった。マスコミと警察は、河野さんへの謝罪を先行すべきでしょう。一人の人間を全く不当に傷つけたのですから。しかし、そのときの河野さんの態度、細君が植物人間になっているのに、声も荒げずにゆっくりした言葉で抗議し告発していますね。あそこに偉大な個人がいると感じました。それは、高杉晋作が偉大だ、坂本龍馬が偉大だ、吉田松陰が偉大だというのと、同じ質の偉大さです。

関川　河野さんのあの落ち着き、あの冷静さ、それから説得力はすごかった。しかし、「スキンディープ」的目から見ると、彼は当然怒るはずだ、当然怒らなければならないのに怒らないいから逆におかしいと思ってしまう。

鶴見　（笑）。困るね。

関川　一時、そうなりましたでしょう。

鶴見　東大の全学連の運動からいえば、「けしからん」というのだが、これがまずいのですよ。

関川　最初にテレビで見たとき、みんなそう思ったはずですよ。

鶴見　東大の学生運動家というのは、左から右になってもまだ威張っているね。あれが面白くてしようがない。テレビでまだ威張っている。いつも真ん中で威張っている。あれは昭和の初めに起こったことでもあるんだ。左翼から右翼に転向してもまだ威張っている。今度は敗戦の後も、結局、そうなんだね。「真の社会主義社会を！」と初めはいっていて、それがひっくり返っちゃって、いまは保守的なものが大切なんだと、また威張っている。

あの語り口のリズムは面白いね。語り口の中に思想がある。ウィリアム・ジェームズよりコントがなぜユートピアンかというのは、二人とも科学の法則の体系を作っているんだが、ジェームズのほうが精密な体系を作っているのだけれども、それをギューッと固執して共振しないというところに、ジェームズの特質が現われているとバーリンはいう。語り口なんですよ。

ところが、語り口は思想ではないと思っているところから問題が起こるんじゃないでしょうか。語り口は思想なんです。河野さんを見ていると、オウムの破防法適用の問題がでてきたときに、自分は破防法に反対だといっている。筋が通っています。それは、社会党（現・社民党）の委員長が破防法に反対して次に賛成したのと違う。「進歩的知識人はスキンディープ」だね。わたしは悪人として、それを証言します。

関川　思想よりも語り口。鶴見さんは、その考え方をどこで得られたのですか。

鶴見　内容本位という考え方が確かに昔はありましたね。わたしが、アメリカから戻ってきたのは一九四二年ですから、それから長い間日本で暮らしているわけで、その中で得た感じ方ですね、きっと。語り口、語り口がある思想の伝達になる、と。

こういうことがあります。シンガポールにいるときでしたね。戦局が動かないときに、わりあい年をくった二等兵、一等兵がいるんです。その中で、髭を生やしている二等兵がいる。わたしは、彼らに親近感を持ったんです。本当は、伍長ぐらいにならないと髭を生やしてはいけないのに、平気で髭を伸ばしているんだ。二等兵、一等兵は髭を伸ばしていると殴られたり、ぶつくさいわれているのに違いないのに平気でね。その髭がなにものかを表現していると思ったね。それが語り口なんだね。「ああ、戦争は厭だなぁ」ということなんだよ。

関川　言葉のない表現。

鶴見　それが伝わってきた。わたしの中に受け皿があるね。ああ、戦争の日々だなぁ、とね。これは思想の右翼左翼じゃないんだ。左翼は簡単に右翼になる。右翼も簡単に左翼になる。だけど戦争は厭だなぁという、その脱落の感じは簡単には右翼思想にも左翼思想にもなりません。

「声なき声の会」の代表の小林トミさん（画家。一九三〇〜二〇〇三）が、「声なき声のたより」ができたとき埴谷雄高さんのところに、持って行ったことがある。埴谷さんは、そのときはまだ立つことができてね、両方の手でこうやって見て、「おぉ」とね。「おぉ、竹内景助君の手紙があるね」といったというんだ。彼が三鷹事件を、やったということになっていて、完全に孤立していた、左翼から見捨てられていたんだ。その彼が訴えていく相手が、「声なき声」としてあったんだね。「声なき声のたよりの中にそれが掲載されている」と、埴谷さんがいったそうだ。どんな人間でも、それが発信するものを受け入れる受け皿があるんだね。孤独な人間の受け皿がある。それが、埴谷さんが魂を託したところなんです。そういう容れ物をつくるんだ。

それが力かといわれると困るね（笑）。しかし、私は答えます。それが力だと。それ以外になんの力があるかと反問したいね（笑）。

関川　それでも、あえていいますが、鶴見さんも、一時は進歩的知識人だと思われていたんじゃないですか。

鶴見　人が思うのですよ。

関川　私はてっきりそうだと思っていましたよ。

鶴見　私は誤解によって飯を食べているんです（笑）。誤解はメシのタネ。

関川　しかし、河野さん、非常に落ち着いた語り口で説かれましたね。それが二回、三回となると、やっぱり人も説得されてくる。しかし、一回目は説得されなかった。怒るはずだ、怒鳴らなければおかしい、とさかんにいったのは、元東大全学連の人で、彼はいまでもマスコミで大きな声で喋りながら人々を「スキンディープ」に染めようとしている。

鶴見　それが通るのが面白いね。

関川　意外と通るのですよ。でも、長くは通りません。賢いですから、日本の普通の人は。でも一回は通るのですよ。これは避けがたいことなのですね。河野さんの場合は、うねりが過ぎるのを待っていたのですかね。

鶴見　時間の感覚、受け身の能力の保持というのは、積極的な能力の保持よりもさらに時間を必要とします。積極の発明というのは、数学だったら二十代でパッとできるでしょう。二十代を超えたらたいしたことはない。物理学でも三十、四十代ですね。

関川　そうか、消極的能力は年をとっても磨けるのか。でも、いくら昔とはいっても不良少年って短気なものですよ。よくそれだけ気長になられましたね。

鶴見　それは必死になって、自分なりに自分の内部の悪人を保持しているのです。そのうちに癌の縮小みたいに小さくなっていくけど、しかし、これを手放したら俺は終わりだ、これが俺を生かしていると思っています（笑）。

戦後体験と転向研究

ドイツ語通訳として封鎖船に乗る

関川　戦時中、鶴見さんは軍属になられましたね。

鶴見　そうです。

関川　アメリカから交換船で帰ってこられて、間もなくですか。

鶴見　帰ってきて、わたしはすぐに区役所に届けた。「東京都、最後の徴兵検査に間に合います」といわれたんです、最後の最後。わたしはもう学校を離れているから、徴兵猶予はない。アメリカから出るときは十九歳で、交換船がアフリカ沖に来たときに満二十歳になっていましたからね。でも、知恵がなかったんです。

関川　一九四二年、アフリカ沖で二十歳《はたち》ですか。

鶴見　日本に着いたときは満二十歳超えているわけで、徴兵検査に行った。そうしたら徴兵。ファシズムの革命的側面に触れたんですね。私費留学で敵の国に行っているような人間は非国民だから懲罰的に対さなきゃいけない、とね。しかも、わたしはずっと結核で喀血していた、カリエスの異常突起がもう出ていた（笑）。でも、「合格」というんだね。さすがに甲種にはしなかった。合格でも第二乙といって召集待ち。こりゃえらいことになったと思ったね。

関川 それは懲罰的ですね。もう少し届け出を遅らせれば、最後の徴兵検査に引っかからなかったでしょう。

鶴見 そう。

関川 なぜ？

鶴見 愚かなんだ。アメリカでつかまったのも愚かだったしね。徴兵検査、しまったと思ったね。だけど、待っていると陸軍に行くことになる。

関川 陸軍はこわそう。

鶴見 待っていれば陸軍の召集が来る。海軍のほうが文明的なような気がしたんだよ（笑）。

それで、海軍に志願した。

関川 どうせ陸軍に取られるならば、海軍がいいと考えられた。

鶴見 わたしはドイツ語科なんだよ。ドイツ語の通訳としてね。

関川 ドイツ語？

鶴見　アメリカに英語科なんかないでしょう。そこでドイツ語。だから、ドイツ語の通訳としてドイツの封鎖突破船に乗った。ドイツと日本は二つの方法で実質的につながっていたんです。ひとつは潜水艦、潜水艦隊の根拠地はジャワにあった。もうひとつは、封鎖突破船といって、快速の貨物船なんだけど、それにいろんな物資を積んで、もちろん兵隊もいて機関砲もあって戦闘もできる。それにものすごく速い。それに数人の日本人を連れて乗ったんだ。何人かの日本人の命を預かっているわけだから、大変な緊張だった。他の日本人はドイツ語は通じないからね。もし沈没したりすると、その生死に関わるでしょう。

関川　鶴見さん、ドイツ語を喋られたんですか。

鶴見　ドイツ語科だからドイツ語がいくらかはできます。

関川　ああ、そうなんだ。

鶴見　だって大学に行ったら、外国語をひとつは取るでしょう。英語を取るわけに行かないじゃない。

関川　英語は母国語か。

鶴見　それで、ドイツの封鎖突破船に乗った。だから、初めてのドイツの体験というのは、その封鎖突破船なんだけどね。

そして、（インドネシアの）バタビヤ外勤海軍武官府といって、潜水艦の根拠地でもある、そこに行ったんです。日本の陸軍地区の中の海軍の根拠地です。そこでのわたしの仕事は「敵が読んでいるのと同じ新聞を作ってくれ」。それでした。

関川 ラジオを短波放送で聞いてですか。

鶴見 そうそう。それで新聞を作った。敵が読んでいる新聞を読みたい、ということでね。

関川 そちらの方が情報が正確だから。大本営発表よりはるかに。

鶴見 そうです。大本営発表では戦えない。陸軍の歩兵はそれで戦えますよ、そんなこと知らないでやるんだから。海軍はひとつひとつの船が自由に動いているから、大本営発表をまるのみにしていたらだめなんです。

関川 沈めたはずの敵の船が攻めてきたり。

鶴見 向こうがどういう気分で、どういう状況で働いているかを知りたいんだね。だから市場でのアボカドの値段とか、そんなものも全部わたしの新聞に入れた。

関川 昭和一八年のいつからですか。

鶴見 一八年の二月からです。だから、イギリスのロイド・ジョージ（首相。一八六三～一九四五）が八十歳を超えて結婚したとか、そういうのを新聞に全部入れるんだ（笑）。向こうの気分がわかるからね。

関川　それはおもしろい。

鶴見　何を入れるのも勝手なんです。要するに一人で作っている新聞なんだから。一人で作っている毎日新聞なんだよ。そのかわりにものすごく働いた。夜起きているときには短波放送を聞いているし、戦後にわかったんだが、その短波のインド放送はジョージ・オーウェルが担当して作っていたものなんだ。だから、ジョージ・オーウェルから、わたしに通信が来ているわけ。それをうけて編集していたんだね、振り返ると。

関川　それは劇的ですね。オーウェルから鶴見俊輔への伝言ですな。

鶴見　あるとき、オーウェルのプログラムを見たら、「T・S・エリオットがジェイムズ・ジョイス（アイルランド出身の小説家。一八八二～一九四一）の『フィネガンズ・ウェイク』について講演します」とあるんだよね。その放送を一時間やった。オーウェルが組んだプログラムで優秀なプログラムでしたね。T・S・エリオット（イギリスの詩人、劇作家。一八八八～一九六五）の話を初めて聞いて面白かったね。それはそれで（笑）。

関川　役得ですね。

鶴見　夜中の一時間、面白かったね。

関川　陸軍よりも海軍の方がよかったとは、そういうことなんですか。入ってみてどうでした。

鶴見　いやぁ、どうかな。偶然、わたしの部隊長が前田精という人物で、彼は右翼的なんだけども、負けることはわかっていたし、ジャワの人間の解放という目的を本当に信じていたんだ。戦争の負けが伝わったときに、彼は官邸の地下室にすぐにインドネシアの指導者を集めて、独立宣言を起草する場所を勝手に用意したんだ。でも、部隊長はその場に出ない。陸軍との対立になるからね。スカルノ（一九〇一〜七〇）、ハッタ（一九〇二〜八〇）、スジョノ、みんな集まってやった。シャフリル（一九〇九〜六六）もいた。

関川　すごい。

鶴見　どうしてそれができたかというと、その人たちは戦争中、武官府にずーっと来ていたわけだ。シャフリルもハッタもマレー語の先生として来ていた。別にもうひとつ連絡を取っていて、共産主義者のタン・マラカ（一八九七〜一九四九）も武官府と連絡を取って、ジャワ島に入っていた。前田精という人は、驚くべき人物だった。彼が「敵のような新聞と同じような新聞を作ってくれ」というのは、突飛な提案ではなかった。

関川　おもしろい人がいたんですね。右翼も左翼も関係なく、スケールが大きい。しかし軍隊生活の辛さや集団生活の悩ましさとかいうのは、ずいぶんあったんでしょうか。

鶴見　あります。それは病院に入ったときもそうでした。わたしは小学校しか出ていないからね。

関川　小卒のハーバード卒ですからね。

鶴見　直ぐに胸が腐り始めるから、病院に入った。二度手術した。ランクは兵隊の次だからね。

関川　軍属でしょ。

鶴見　軍属なんだけど、軍属といったって小卒の軍属と東大出の軍属とは違います。

関川　何度もいうようだけど、ハーバード卒の軍属に価値はないんですね。

鶴見　そんなもの問題外、そんなものないんだ。だから、日本に帰ってくるとき軍艦に乗りますからね。やっぱり兵隊の中にいるわけで、いろんなことがありますよ。

関川　軍で、胸を手術された？

鶴見　そうです。突然に穴があいて膿が出始めて……。

関川　正岡子規（俳人。一八六七〜一九〇二）は背とお尻でしたが、前の方に……。

鶴見　胸部カリエスというんです。「わたしは、いままでカリエスを扱ったことありません」。軍医がそう率直にいうんだよ、大学出たばっかりの軍医なんだ。「痛いですか痛いですか」。痛いに決まってんじゃないの、黙っていたね。とにかくそれで取って。

関川　麻酔は使うんでしょ。

鶴見　わずかわずか。ものすごい痛いんだ。それで、またカリエスが出てきたんだ。二度手術したんだ。それは大変だった。

関川　よく我慢しましたね。

鶴見　わたしはマゾヒストとして育てられたから、マゾであることがそのときに生きた（笑）。お袋がわたしをマゾヒストにした。そうでないと生きられない。

関川　怪我の功名、でしょうか。

鶴見　結構、役に立ちましたね。

「この戦争は負ける」

関川　集団生活は耐えがたいものでしたか。

鶴見　わたしは十五歳でアメリカに行ったのでいったん日本語を失っているでしょう。だから、自分の内部の言語は英語なんです。

関川　英語で考えるということですか。

鶴見　そうそう。だから、日本語を書くというのは大変な苦労なんです、とにかく漢字が書けなくなっていますから。それを無理やりに字引を引きながら書くわけでね。しかも、わたしは、この戦争は負けると確実に思っているわけ、勝ち目はない、とね。

関川　アメリカを知っているからですか。

鶴見　もともと、そう思っていたんだ。日本を出るところから。

関川　出る頃からというと、昭和一二年頃、戦争が始まる前ですね。

鶴見　中国との戦争でね。負けるというだけじゃなくて、この戦争は、間違っていると思っているわけだから。それが、自分の口からあるときワーッと出てこやしないかと思っていたんだ。そういう恐怖だね。つまり、それこそ、別な意味での「スキンディープ」なんだけども。皮膚の下に別の思想を持っているわけだ。

関川　中国にも勝てないと思っていた？

鶴見　勝てないというよりも、けしからんことをしていると思っていた。張作霖《ちょうさくりん》（中国の軍人。一八七五〜一九二八）を爆殺したのは日本人だということを、政治家の家ですからわたしは知っていた。「日本人がやった」と家では周りのみんながいっているわけだよね。だから……。

関川 戦争の初めから不徳義なものがあったと思っていたんですね。

鶴見 張作霖爆殺の新聞の号外を覚えています、日本人がこういうことをやった、とね。

関川 しかし日本人のほとんどが、誠実であろうがなかろうが、負けたくはないと思っていたはずですね。そういう中で負けた方がいいと考えていたんですか。

鶴見 一刻も早く負けて欲しいわけだ。

関川 一刻も早く。

鶴見 周りの人が一生懸命やっているのに、自分は悪いなと思うわけ。そのときに、「俺は悪党だ」という子どものときからの、その思いが逆にわたしを支えたんだね。悪党だから我慢できた。一人の悪党として、生まれたときからいたでしょう。それが生きた。

関川 悪党は孤立に強い。

鶴見 そうそう、悪人だから。悪人だから支えられる。いまも悪人だから生きていられるわけよ。全くの善人になっちゃったら、それは「南京虐殺万歳」、いつでも万歳だよ。

関川　早く負ければいいというのは、日本の被害が少なくてすむからですか。

鶴見　そうです。日本の侵略性というか、それが終わるじゃないですか。

関川　しかし、昭和一八年にはまだそんな気配はありませんでしたね。

鶴見　ラジオを聞いていて、玉砕の計算というのをやっていた。アッツ（米軍、一九四三年五月、アッツ島に上陸。日本軍守備隊二五〇〇人玉砕）のときにはわずかに生き残りはいるんですが、これは重症の人だけでほぼ完全な玉砕。マキンとタラワでもわずかしか残っていない。サイパン（一九四四年七月、日本軍民三万人玉砕）になると、被害は大きくなるでしょ。

それを短波放送で聞いていて、ここにアメリカが来たときにどうなるか、どうしようかと一人で考えているわけだ。アヘンを入れて煙草を吸ってる兵隊もいる。そんな兵隊からアヘンを盗んでいてね、最後にそういう状態が来たら、便所に入って鍵をかけアヘンを飲んで自殺しようと思った。それが自分の覚悟。

関川　自殺の覚悟……。

鶴見　それから、もうひとつは憧れとして「ああ、脱走したいな」と思うんだよね。

脱走することはできても陸軍地区だから、やがて捕まって重営倉、拷問ということになる。いやだなぁと決心つかないんだよ。この脱走への憧れというのも非常に強くて、夜中にラジオを聞いていると疲れて外へ出る。そうすると遠くからガムランの音が聞こえてくるんだよね、村の。夜涼しくなるから夜中に祝祭なんだ。「ああ、あの中に入れたらなぁ」と思った。もう日本に帰りたくないし、日本人であることがいやなんだ。

関川　水木しげるみたいですね。

鶴見　その憧れがあった。

戦後、ベトナム戦争（一九六五年）が起こり、アメリカの軍隊から脱走兵が出てきたでしょう。わたしたち日本人のところへ来たでしょう。アメリカの脱走兵を助けるということに、ものすごい長い間、わたしの心の底にあったものが、ウワッと生きるんだ。

関川　あの運動は、そのときの反映でしたか。

鶴見　鮎川信夫（詩人。一九二〇～八六）は「あんな、ばかなことをやって」とべ平連（ベトナムに平和を！市民連合）について非難するんだけどね、わたしにとっては必然なんだよ。もうどうなったって構わないんだ（笑）。だから、いまも憧れは残っている。京都でいまもやっている「自衛官ホットライン」というのは、海外派兵をやったとき、自衛隊員でね、「これは嫌だ」、「飢えている人間そのものの戦いで、自分が飢えている人間に鉄砲を向けるの嫌だ」という人が出るかもしれないでしょう。アフリカならアフリカに行って、そのときに、「逃げたいけど、裁判があるから困る」というときの受け皿なんだね。そういうのを作りたい。つまり、戦地でのことなんだけども、全てがつながっているんですよ。

正義以外の受け皿を

関川　戦争体験は、実戦ではないけれども、鶴見さんにとってアメリカ体験と同等、あるいはそれ以上に大きい。

鶴見　敗戦によって日本は、憲法によって国ぐるみの反戦国家、非戦国家になったでしょう。今度は国ぐるみでいまの憲法を改正するという。わたしには、また鉄砲を外国の人に向けるのかという疑惑があるね。そうとすると、一人の人が、「自分は人を殺したくない」と思ったときの、その一人の人に対する受け皿が大切だと思う。「そんなことをやって、なんの力になるんですか」というけど、わたしは、主な力は自分個人と、そして他の個人にあると思っている。そういった厭戦主義の受け皿にしたい。国ぐるみの戦争否定には、国ぐるみというところにある種の脆《もろ》さがあるんだ。「なんといっても、俺は人を殺したくない」。そこをどんなことがあっても生かしたいという受け皿があって欲しい。

関川 戦時中にも、その受け皿があって欲しかったわけですね、鶴見さん自身。なんといっても人を殺したくない。そうなった場合にアヘンを飲んで死のうと思われた。そのときには受け皿がなかったから。

鶴見 自分だけが受け皿、自分が悪人であることが受け皿だった。

関川 自分しかない。

鶴見 自分の内部の悪人だけが頼みなんだ。それがよくわかったね。ある意味で悪人、そうそう、そうなんだ、悪人を大切にする、悪人と死ぬまで共に生きる。

関川 悪人とは、孤立しても生きられる人。そういうふうに考えてもいいですか。

鶴見 子どもの悪人はそうです。子どもの悪人は世界の悪人と連帯しようなんていうことを考えないでしょう。自分一人が悪いと思っているし、お袋がとにかく、「あなたは悪い人だから、あなたと刺し違えてわたしも死にます」というんだから恐ろしいよ、それは。だけど、じっとそれに耐えて、謝らず屈しなかった。ただ、そのときに、お袋の正義の観念を受け入れるからね。だけど、俺は悪人だ、悪人として自由に生きる。そうだね……、ひとつは正義ははた迷惑だということを感じた。お袋と一緒に住んでいると、正義の人ははた迷惑。べ平連が大きくなってきて困った。そこで演説しなきゃならないでしょう。演説でね、俺が正義の人になったら、ほんと首くくって死にたいとね。正義の人じゃないんだから。そう思ったね。

関川　でも、運動を続けていけば正義が広がってしまうことがあるでしょう。

鶴見　小田実（小説家。一九三二～二〇〇七）の力によってどんどん、どんどん、毎日広がっていくんだよね。全国で百万人を超えたと思うんだ。大変なものなんだ。これは、わたしには苦しかった。

関川　演説もしなければいけないときが出てくるでしょう。

鶴見　だから、首くくりたくなるわけ。

そのときにアメリカの軍隊から脱走兵が出た。これは闇夜の中の行動だから運動の中の慰めなんだよね。あのときにただで助けてくれた十八、十九、二十歳の日本の少年たちがいるでしょう、関川さん、あなたと付き合いのある人たちだ。わたしは、その人たちに対する恩義と感謝の念をいまも持っている。

関川　ようやく、あの一件のバックグラウンドがわかりました。謎だったな、永い間の。

鶴見　パラドックスなんだよ。人がたくさんいると喜んでやるけど、わたしは耐えがたかったね。

関川　率直な話、小田さんとは温度差があったわけですか。

鶴見　あの運動をやろうといいだしたのは高畠通敏（政治学者。一九三三〜二〇〇四）なんです。アメリカの北爆が広がってきたあるときに（一九六五年）、わたしのところにやって来たんだ。その前に「声なき声」という運動があったでしょう。その集まりが、デモをやってももう七人ぐらいになっちゃったころでね。

関川　一九六〇年の安保闘争で生まれた運動ですね。

鶴見　そうです。さっき埴谷さんに少しふれたんだけど、小林トミさんが代表でね。七人、八人しか集まらなくなっちゃっていた。でも、アメリカのベトナム爆撃というのはあんまりだから、北爆ですね、これで、もういっぺん運動を新しく無党派でやろうといったんです。高畠からわたし、わたしから従兄弟の鶴見良行（人類学者。一九二六〜九四）、彼らのつながりのある人たちに来てもらい集まってね。「新しい運動は新しい代表でやろう」という提案だった。その会は、東京の学士会館でやった。そのとき、杉山龍丸（一九一九〜八七）が来ていた。夢野久作（作家。一八八九

〜一九三六）の息子です。初めからいたんだよ。

関川　お祖父さんが右翼の巨頭の杉山茂丸（一八六四〜一九三五）ですね。

鶴見　そうです。杉山龍丸もベトナム戦争反対なんだよね。わたしが、「この運動の代表には、安保のときにリーダーでなかった人になってもらおう。小田実に頼もうと思う」といった。そしたらわたしに白紙委任状を出してくれたんだ。わたしは、小田と付き合いはなかったんだけれども、電話をかけた。そしたら、電話一本で承知したんだね。西宮にいた。東京に出てきて、高畠とわたしとで新橋で会ったときは、彼はもう最初のビラを書いていたんだ。小田は初めから入って来た。それから始まる。小田は三十歳そこそこで、その後に河出書房新社から全集を出すんだけど、そのお金を全部運動に入れるんだ。小田のその気合が若い人に伝播していく。どんどん、どんどん運動が大きくなっていくんだ。毎週、毎週、新しいべ平連というのが全国のどこかの町で作られている。つまり、アラビアンナイトなんだよ。瓶の蓋を開けたら巨人を引き出しちゃった。わたしが予想もつかないような巨人で、それがものすごい勢いで働き、七人くらいだった集団を百万人にした。ほんとアラビアンナイトなんだ。わたしにとって喜ばしいといえば喜ばしいんだけども、悪夢でもあるわけだ、わたし個人にとっては。わたしは一個の悪党なんだから悪党にとっては困る。だけど、引き出した関係上は逃れられない。

関川　ランプをこすって出してしまった巨人は、もう元には戻りませんね。

鶴見　当時、共産党は収入の一〇パーセントを組織に入れるというけど、実はあの頃、わたしは六〇パーセントまで出していたと思う。経済的には破綻に瀕し、肉体的には演説して回るので高血圧で参っちゃうし、もう死ぬか、とね。わたしの細君は心臓病になって、いま、ペースメーカーを入れているんだけれども、彼女は、いつ誰が家に来ても飯を食べられるようにしていた。十八、九の少年が、みんなただで働いているんだから、誰が来たって飯が食えるようにするのは当然だ。

関川　生活が破綻するほどの広がり方でしたね。

鶴見　大変なものだった、全然予想がつかない。

関川　同時に最初の動機とは違うというか、穏やかなかたちではあるが、だんだんと正義に近づいてきましたね。

鶴見　(笑)。それはもうそう。正義にはかなわないんだよ。

関川　鶴見さんの最初の気持ちとはだいぶずれる。後半には。

鶴見　脱走兵との付き合いが、わたしにとってよかったんだ。脱走兵って、もともと不良少年なんだね。気分が合うんだよ(笑)。

関川　意図して皮肉ないい方しますけども、べ平連が大きくなってからあとは、武装なき軍隊の正義のようになっちゃったんじゃないですか。

鶴見　べ平連はそうです。脱走兵援助というのは別組織ですから、隠れた組織。これは妙なことに日本ではほとんど前例がない運動でね。あるとすれば、米騒動なんだけどもね。つまり、女性が中心にいる運動だった。全学連とか学生運動とは全然違う。学生運動では男のリーダーが女の学生を顎で使えるところでしょう。それと脱走兵援助は全然違う。脱走兵をかくまっている家庭で、彼らと向き合っているのは女性なんだから、主婦なんだ。脱走兵と二人で暮らして飯を食べさせてね、最後の脱走兵脱出の指揮も女性が執った。

関川　後半は、わたしがのちに知り合いになる青年たちが指揮を執ったんじゃないんですか。

鶴見　脱出のときの最高のリーダーは女性だった。

関川　そうだったんですか。私の友人たちは彼女の下にいたんですね。

鶴見　そうです。

関川　そうすると、わたしたちが持っていたべ平連のイメージと全然違いますね。

鶴見　逆回りの運動なんだ。こちらは、わたしにとって魂の慰めになるわけだ（笑）。

関川　べ平連は苦しみだった?

鶴見　責任があるでしょう、瓶の蓋を開けちゃったんだから。瓶から小田実という巨人が出てきたんだから。

関川　でも、悪意で開けたわけじゃない。

それはそれとして、身を引かれるという手はなかったんですか。

鶴見　それでは背信行為じゃないの。小田に電話かけて「なってくれ」といって、途中でわたしが逃げだしちゃったら。

関川　べ平連が、もしあと十年続いていたらどうだったでしょう?

鶴見　死んだでしょう。つまり、経済的に追い詰められ、そして肉体的にも血圧かなんかでやられているでしょうね。心臓病は出ているし、それで終わり。死んだと思う。だから、ベトナム人民に助けられたんだよ。ベトナム人民勝利、ほとんどベトナム人民に対する感謝です。

関川　北ベトナムが勝ってくれたから終われた。

鶴見　助かった。

関川　八年でよかったですね。もっと長い戦争にならなくて。

鶴見　運がよかったんだ。政治運動については、大体いままでは運がいい。

大村収容所廃止運動

鶴見　そのべ平連の中から派生して出てくるのが「大村収容所廃止への運動」なんだね。アメリカの脱走兵を見ていても、アジア人から脱走兵が出てくると思っていなかったんだ。ただ、韓国がベトナムに派兵したでしょう、ものすごく残酷な軍隊を作って。それをいやだと思う韓国兵が出てきたんだ。その人は金東希《きんとうき》という兵隊で、日本に来たら捕まり九州にある大村収容所に送られた。

関川　そうですね、過剰なまでの韓国軍の勇猛さはベトナム戦争でもよく知られるところでした。

鶴見　大村収容所があるということは、それまで知らなかった。新聞で知った。そしたら、わたしのところに電報が来たんだ。「この人を助けなければ、あなたがいままでやったことが無駄になる。柴田」と書いてあるんだよね。わたしは、柴田道子（作家。一九三四〜七五）だろうと思って「趣旨はわかった、この運動に参加する」と長野に電報をうった。柴田道子は長野に住んでいたからね。その柴田さんから電報が来て、「何のことかわからない」というんだ。柴田道子じゃなかったんだね。

関川　別人だったんですか。

鶴見　運動の中のどこかにいる人が、わたしに電報をうってきた。

関川　完全に無名の人ですね。

鶴見　それが、わたしを動かしたわけだ。金東希という兵長だけども、熊本では白井さんというクリスチャンの教授が救援活動を始めた。

……この運動にとって京都が有利だったんですよ。京都の清水寺に九十を超した大西良慶（一八七五〜一九八三）というお坊さんがいて、百歳以上生きるんだけど、その人が動いてくれた。教務部長をやっている福岡精道、もう亡くなったんだが、この人も熱心に動いてくれて、偶然、その時の法務大臣が清水寺の檀家総代だった田中伊三次（一九〇六〜八七）さんだった。なかなかの人物ですよ。最後、自民党から離脱して一人で当選するんです。大西さんが、その田中さんにわたしの見る前で、手紙を書いてくれたんです。わたしは、それを持って田中伊三次さんに会いに行った。

田中伊三次さんが京都へ戻ってくるときに、大西さんの代わりに教務部の福岡精道、それからクリスチャンで同志社の和田洋一（ドイツ文学者。一九〇三〜九三）、女性で岡部伊都子（作家。一九二三〜二〇〇八）、もう一人お坊さんで法然院の管長の橋本峰雄。この四人が田中伊三次さんを訪問して、金東希のことを頼んだ。つまり、韓国送りにならないように、とね。彼は「悪いようにはしない」といいましたよ。それだけでなく、彼は努力して金東希を北朝鮮送りまで持っていった。それは大変なことです。

関川　すごいメンバーですね。右も左もない。それで金東希は大村収容所を出た後、北に行ったんですよね。その後、金東希がどうなったかご存じですか。

鶴見　かなり長い間、金東希は優遇されていた。いまはどうなっているか知らない。

関川　死んだ、という証言が間接的ですが、二件ほどありました。殺されたのだと思います。

その当時、北のシステムについてはみなさん好意的に見られていたんでしょうか。

鶴見　ベトナム戦争については、北はベトナム戦争に派兵していないという事実があります。韓国に行けば死刑になるか拷問を受けるのを、北に行けば、少なくともその当座は歓迎されたでしょう。一番いいのは、金東希の親類が日本にとどまることでした。

関川　それはできなかったんですか。

鶴見　それはできなかった。そのときの日本内部の政治の圧力です。だけど、そのことによって大村収容所というものがあることがわかった。つまり、韓国から難民をそこに入れるためにできている組織があるということを知ったんだ。

それから、ああいう収容所をやめるための運動というものを起こして、この部屋（自宅の一室）で、ずーっと編集してきたのが「朝鮮人」という雑誌。そのへんに一冊、あるでしょう。

関川 その雑誌には、李進熙《りじんひ》さんはいたのですか。

鶴見 初めの中心は飯沼二郎京大教授。飯沼さんが、それを二一号まで出した。それからわたしが引き継いで、この部屋で作っていた。これは、わたしの代になってからのサンプルですが、ナンバー・二四、二五、二六と二七、ここでやめた。なぜやめたかというと、韓国の難民だけを置く場所としての大村収容所は事実上なくなったからですね。それは仲間の弁護士の小野誠之が行って確かめました。だから、「大村収容所を廃止するために」というスローガンからいっても目的は達したので、そこで止めたんです。

関川 息の長い雑誌ですね、一年に一回とか、二年に一回とか。

鶴見 とにかくそれは続けた。表紙は須田剋太（画家。一九〇六〜九〇）が毎号、ただで描いてくれました。

関川 須田剋太さんは、司馬（遼太郎。小説家。一九二三〜九六）さんとずいぶん長い間仕事をされた人ですね。

鶴見　そうそう。司馬さんの『街道をゆく』ですね。その須田剋太とわたしのつき合いも飯沼さんを通じてですが、それで生じたんです。彼は常にこの「朝鮮人」にただで描いてくれた。

大村収容所がなくなった背景には、韓国が経済力が上がってきたからでしょう。

関川　もう密航はありませんからね。

鶴見　それで、雑誌「朝鮮人」は終わり。

関川　朴正熙の経済政策の成果が、はっきり現われましたね、そのあたりから。

鶴見　むしろ、北朝鮮のほうがいろんな問題をもってきたでしょう。あなたの書かれたこの『退屈な迷宮』というのはとても面白い本で、南も北も両方見渡し、こういうタイトルの結論に達したんでしょう。わたしたちの方は、在日朝鮮人、大村収容所にいる人を含めてです。だから、在日朝鮮人以外のことは知らない。韓国がどうか、北朝鮮はどうかということをいわないんだ。それに限定したから、「朝鮮人」をやめることができたんです。無限定にはしない。無限定というのは、なるべく避けたいね。だけど、結論からいえば、素材と視野は違うけれども、考え方は、ほぼ同じところですね。

日本の中で在日朝鮮人はどういうふうにされてきたか。差別を見逃していけば、日本人のためにならないでしょう。日本の中にいる一番大きな外国人の集団は朝鮮人ですから。外国人というとアメリカと連想するのは間違っている。べ平連は、初期はそういう考えを持っていたんだが、運動の中でその考え方が変わったね。

関川　初期、外国人とはアメリカ人のことでしたか。

鶴見　アメリカに対抗しているわけで、アメリカのベトナム政策に対抗するアメリカ人にも呼びかけた。「脱走兵、出ろ!」という英語のビラを書いて横須賀で撒いた。そのときは、脱走兵は出ないと思っていた。そしたら実際に出てきたんだね。もう大変な大騒ぎでね。

関川　でも、出てきた脱走兵は、わざというんですが、不良少年みたいな子どもたちだったでしょう。

鶴見　そうです。

関川　つまり、政治信念などとは無縁のタイプですね。

鶴見　わたしと同じ。

関川　同じですか。

鶴見　わたしは信念があって、〇歳のときからお袋に対抗していたんじゃない。「こうしろ」といわれることに反対したいからなんです。「いま、おっぱい飲め」ということに「いやだ」ということ。それだけなんです、それだけ。

関川　その青年たちも同じだと。

鶴見　同じです。

関川　彼らには運動のイメージからすると、もちろん新聞という濾紙を通してですけれど、政治信念があったように、受け取りましたが。

鶴見　あった人もいます。だけど、正確に全部きちんとその理論をいえる人は一人だけしかいなくて、それはスパイだった。彼が裏切ったので、付き添っていた山口文憲は北海道でやられた。

関川　スパイのせいですか。

鶴見　彼一人が若い人の中で警察にいっときひっぱられた。彼は立派な男です。

なぜ交換船に乗ったか

関川　話を戻していいですか。戦時中は、いつまでジャワにおられたんですか。昭和一九年？

鶴見　二度目のカリエスが出てきた後、わたしの後がまに数人入れたんです。それで、新聞ができるようになったので、わたしは解放されて、送り返されることになった。ジャワから船に乗ってシンガポールに、シンガポールから最後の輸送船団で帰ることになったんだが、アメリカの艦隊の動きがそのたびに入ってくるので、輸送船団は港から出て行っては帰ってくる、出て行っては帰ってくるという調子でね。兵隊の中で暮らしているわけだから、というよりも船倉という一番下のところだから、慰安婦と一緒に暮らしていた。

関川　船のほとんど底ですね。

鶴見　やっぱり、底から見るわけね。

そのうちに「あいつ、ほっぽっていては能率的じゃない」と思う人が出てくるんだね。

関川　使えるものは使え、ですか。

鶴見　わたしは、海軍の第二十一通信隊というところにもっていかれた。そこでもう一回、通信員だよ（笑）。それから、最後の軍艦「香椎」に乗って帰ってきた。それが、バタビヤに行った初めのドイツの封鎖突破船と違って鈍足なんだね。

関川　古い船でしょう。

鶴見　練習巡洋艦。あらゆる機能を持っていて練習するわけだけど、戦闘になれば必ず負けるという、そういう巡洋艦だった。鈍足でずーっときて下関に昭和一九年一二月初めに着いたら雪が降っていたね。その軍艦「香椎」は、それからもう一遍シンガポールに戻っていく途中で、アメリカの機動隊とぶつかって撃沈。

関川　よくご無事で。

鶴見　わたしの乗った船は、結局、初めに乗った封鎖突破船を含めて全部沈んだ。だから、なぜ自分が生きているかわかんないわけ。自分で選んだわけではないんだよ。

関川　死ぬかもしれないと思って船に乗るわけでしょう。怖くはありませんか。

鶴見　怖いです。怖いけれども、人を殺す前に死ぬ方をわたしは祈っていた。わたしが人を殺す前に、わたしを殺してくれ、それだけだ。それが祈りなんですよ。日夜の祈りはそれだ。わたしが望み得る最高の理想。悪人の一灯だ（笑）。

関川　昭和一九年一二月に下関について、これでもう殺さなくても済むという安堵感はありましたか。

鶴見　戦争が済むときにね。

関川　昭和一九年の一二月には？

鶴見　まだですよ。それから空襲があるんだから。それから結核の療養。小康を得てからは、私を使わないのはやっぱり能率的じゃないと思われてね、軍令部で……。

関川 まだ使う?

鶴見 翻訳をやっていて、そのうち今度はまた結核がぐるぐるぐるぐる回ってね。

関川 全身結核になっちゃうじゃないですか。

鶴見 そう。もう肺門リンパ腺とか肺浸潤とか腹膜炎とか、初めは骨のカリエスでしょう。熱海で寝ているうちに敗戦になった。

関川 よく治りましたね。

鶴見 病気に助けられた。悪人であることによって助けられた。つまり、自分が人を殺す前に、自分を殺してくれと毎日祈ることは悪人の立場でしかできないでしょう。「一億玉砕」で、みんなうわーっと「鬼畜米英」とやっているんだから、その中で悪人として祈っている。わたしの内部の悪人が、わたしの祈りを支えているんですよ。

関川 そういうとき、自分は日本人であるとかは、考えたり気になったりするものですか。

鶴見 そのときに、日本人に鉄砲を向けて一人でも殺そうなんて、そういう考えに踏ん切りはつかないですね。だけど、そのとき、わたしはアメリカから日本に帰ることを選んだということを後悔していました。アメリカから日本に送り返されるわけじゃない。交換船でしょう。「乗るか、乗らないか」と収容所で聞かれた。わたしは「帰る」といった。なぜ帰るといったんだろうというのは、いまもわからない。

関川　帰らなくてもよかった。

鶴見　そのまま収容所にいたら、やがてわたしは出されたと思う。全くの誤解なんだからね、逮捕されたのは。

関川　誤解というのは、共産主義者であるということですか。

鶴見　無政府主義ということで捕まったんだけども、何か活動をやっているわけじゃない。アメリカの法律によって罰せられたことはない、誤解でね。そのままいたら、どこかアメリカの……名もなく、大学で一人の教授として終わっていたと思うね。

関川　そういう人生はどうでしょう。いま考えますと。

鶴見　好きじゃないね。何事もいまやっていることの方が、いくらかマシなことのような気がする。

関川　でも、そちらの方が静かな暮らしだったかもしれませんね。べ平連でのいろいろなことはありません。

鶴見　(笑)。わたしにとって、アメリカの大学でというのは、いま考えると魅力的じゃないね。

関川　そうですか。でも、土曜日にはホームパーティ、日曜日には芝刈りをして、それから授業の準備。とても穏やかな生活が待っていたかもしれませんよ。『ジャック&ベティ』の教科書に出てくるような。

鶴見　(笑)。もし、わたしが数学者だったら、それもいいでしょう。全く自分の生活感情とか無関係に仕事が出てくるんですから。しかし、わたしにとっては自分の仕事の根源にあるものは、自分が悪人であること。そして次に戦争を潜《くぐ》って大変に苦しんだこと。日本の知識人というのはあてにならないこと。日本の知識人は皮膚一枚の美人であること。そういうことが、わたしにとって重大な自分の内部にある遺産なんだね。それらを食べて生きているんですから。アメリカにいてずっと生きたとすれば、悪人であること以外は、それらのものはどういうふうにして生かすことができたでしょうかね……。

関川　帰ろうという選択をしたのは、それが何か日本人の義務のようにお感じになっていたんですか。

鶴見　国家としての義務じゃありません。すぐに負けると思った。負けるときに負ける側にいたいと思った。それだけなんです。

関川　それは、ずいぶん不合理な選択ですね。

鶴見　全く不合理なんだ。

つまり、それしかないんですよ。日本に帰ってきたときに結核で血を吐いているくらいだから、まさか自分が軍隊に合格になると思っていなかったんだよ。それは誤算だった。だから、後悔したんだけども、もともとは負けるときに、負ける側にいたいと思った。それだけ。

関川　やっぱり不合理だ。

鶴見　全く不合理なんだ。だけど、人生の決断の底にはそういう不合理なものがあるんですよ。

関川　後悔したでしょう。兵隊に、まさか第二乙で取られるとは。そのうえ、まさか占領地に送られるとは。

鶴見　ものすごく、戦争中も戦後も後悔した。戦争が終わってからも後悔した。つまり、ある意味で戦争協力したわけですから。自分のように戦争反対の人間が、ちゃんと反対の意思表示ができなかったということについてね。

関川　でも、当時の日本でそんなことは不可能だった。

鶴見　やった人はいます。明石順三（一八八九〜一九六五）の「灯台社」がありますね。その「灯台社」の村本一生（一九一四〜八五）のように、自分の信仰と信念で軍隊に入ってから銃を返し、軍務を拒否してね、じーっと陸軍の重営倉に座っていた人間がいるんです。だけど、それだけのことはわたしにはできなかった、わたしはできなかった。その恥の意識が戦後ずーっとあって、内部から自分を見たときには「いやぁ、これはもうだめだな」。そう思った。外からの日差しは温かく、内部からは冷たいという奇妙な状態。

わたしを外からだけ見ている人間は、戦争中にアメリカへ行って、戦後は英語をしゃべる人間になって京大で一番若い助教授、「この野郎、あいつの面の皮を剝いでやろう」と思うのは当たり前だ。その気持ちはわかる。

関川 足立巻一（小説家。一九一三〜八五）にお会いになったのはそのころですね。

鶴見 そうです。

関川 当時、足立巻一は「新大阪新聞」という弱小夕刊紙の記者でしたね。

鶴見 そうです。京大回りの記者だった。

関川 足立さんは、鶴見さんをそんな目で見ましたか。

鶴見 足立は偉いですよ、器量のある人間だから。

関川 そういうことはなかった。

鶴見 後でずいぶん経ってから、足立さんの自伝的な作品を見て、わたしは脱帽しました。『虹滅記』です。

関川　後年、そういう作品を書く人だとは思わずに、おつき合いしていたんですね。

鶴見　全然知らない。

関川　そういう人もいた。

鶴見　稀にね。わたしは自分で恥じ入っていたから、光の当たり方がまずいんだよ。つまり、英語をしゃべれる人間がいなかったからね、その頃はまだ。

関川　GHQとの関係で楯になってくれとか、日米友好のために働いてくれるとか。

鶴見　そういうふうにしてもらいたかったでしょう。

関川　そういう期待が周囲にあったのに、助けてあげなかったんですか。

鶴見　(笑)。ただ、ひとつのことだけはやりましたよ。占領が続いている間は、自分の知っている戦争犯罪の告発をしなかった。それは、東京裁判は戦勝者の裁きだということに対する保留ですね。あの戦争は間違っていると思うし、裁かれるべきだと思うんだが、戦勝者の裁き、戦勝者だけが向こう側にいる法廷では裁かれるべきではない。自分たちで裁くべきだという考えです。だから、あの戦争の裁きは、これから長い間かけて考えていかないといけないと思う。それは、わたしたちに委ねられたんです。

関川　アメリカから帰る前のアメリカ観と、日本占領下にある日本でアメリカを見る目は違ったものになりましたか。

鶴見　戦争中ほど、わたしはアメリカを愛したことはない。戦後のアメリカの占領というのは、突き放して見ても非常に偉大なものだったと思っています。

関川　司馬遼太郎は、「戦中は陸軍に占領されていたので、そちらの占領の方がきつかった」といっています。

鶴見　世界の占領史の中で、アメリカの日本占領は優れた例だと思っています。そのことを「あれはひどい」とか、いまになっていう日本人は、自分たちのしたことと比べていないんだね。

「言葉のお守り的使用法」が「デビュー作」

関川　戦争はようやく終わりました。いい時代になったと思いましたか。

鶴見　突き放していえば、いい時代です。

関川　戦争中があまりにも……。

鶴見　とにかく戦争を引きずって、ずーっと生きてきたことは確かです。

関川　自由な世の中になったという感じはありましたか。

鶴見　戦争中よりは、そうですね。

関川　熱海におられた、八月一五日、その日のことはよく思い出されますか。

鶴見　ラジオが壊れていたので、ラジオ屋に行って修理が済んだのを持って帰ってきて一人でラジオと対峙して聞いたんですよ。

関川　ラジオの言葉がわかりましたか。

鶴見　わかりました。「残虐なる新型爆弾を」といったときに、「ああ、自分たちで残虐なことをこんなにやっといて、そういうのか」といやな感じがしたのを覚えていますね。だけど、そのときには、原爆というものの重さがわかっていなかった。いまは修正します。原爆の重さというのは、だんだんにわかってきた。

関川　加藤典洋がいったような意味でのことですね。

戦争が突然終わって、どう生きようと考えるものですか。

鶴見　戦争中に、死ぬ前にと思っていくらか書いていたものがあったので、その続きを書きましたね。それは二つなんです。

ひとつは三分の二ほど書いていた「哲学の反省」という一種の論文なんですが、それを仕上げたことと、もうひとつは「言葉のお守り的使用法」。こちらのほうは、軍隊で、海軍もそうなんですが、一等兵が、説教をしては二等兵をぶん殴るんだ。

それは病院でもあることで、往復ビンタをね。そしてその往復ビンタの前の説教の仕方、言葉のつながり方が一種の論理をもっているんだ。まず「畏れ多くも」といって「パチン！」。これは記号論として解明できるな、とわたしは思った。そのことを、文章の構成法と文章の変形の仕方、その構造をきちんと書いていこうということでした。それは大学で勉強したことの延長線上にあります。戦争中から考えていて、メモを取っていた。それを書いたんです。それが最初の仕事、「言葉のお守り的使用法」です。

日本の場合に、勅語から持ってきて無限に演説できるんです。「皇道に基づいて生きるということは、大御心に添い奉るということであり、このことは肇国《ちょうこく》の精神を天下に闡明することであり」というふうに意味が同じなんで、無限にいくらでも変形できるわけ。意味をよく考えないで、えんえんと話すんだけど形式的に回っているだけでね。いくらでも言葉を続けられるでしょう。エンドレス、無窮動だね。こうした文章の変形の仕方は、いつ日本で始まったのか。それは、勅語に原因があって、そこから選択肢が出てくる。それがわかってきて、そのことを分析したんです。

戦後になると、今度は同じ方法で「民主主義」が入ってきたでしょう。「皇国皇民民主党」とか、そういう団体がいっぱい出てきた。いろんな政党の宣言が、「民主主義」になっただけで、その言葉が違うだけで、戦中と同じように無数出てくる。これまたエンドレス。

関川　循環論法のようなものですか。

鶴見　そうそう。民主主義になっても同じ。ソ連の唯物論が正しいといったときも同じ。そうしたお守り的な使用法のセンテンスがその社会で通る限り、政治は常に循環的であって、現実とは無関係に空転していく。ソ連式なやり方のあの長い長い拍手も同じ。それに対する冷たい感じがあったんだけど、それをあまりいいたくないから、批判を入り込ませているんだけども、それが最初の論文です。

関川　民主主義を例にとると、具体的にはどういうお守り的使用法になるんでしょう。

鶴見　「民主的である」ということは、「国民全体の要望に応えるということであり」、「これは可能な限り平等というものを実現させることであり……」。ずーっと空転的に行けるじゃないの。いくらでもいけるでしょう。どれでもいける。民主主義であれ、国体主義であれ、唯物論のソ連流の共産主義であれ、どれでも成り立つんです。その間にね、ポカンポカンと殴るのを入れたり、強制収容所へ入れたりすれば、エンドレスに成り立つ、空転的に。住んでいる社会の権力者によって正当と認められている価値体系を代表する言葉を、自分の社会的、政治的立場を守るためにね。自分のうえにかぶせるんです。

そういう論文を「思想の科学」の創刊号に載せた。他に出すところはないからね。わたしは人間のつながりがないから、「思想の科学」に出した。書いたのは敗戦直後です。このことは、戦争中に考えていたことです。

関川 戦争中すでに、日本が別の世の中になってもやはり民主主義の循環論法が生まれ、唯物論の循環論法があるだろうと見通していたということですか。

鶴見 循環論法という発想は、わたしが習い覚えたカルナップの記号分析方法ですね。それを自分の体験の中にある軍隊の用法、そのときの大政翼賛的なものに応用したものなんです。敗戦直後、「これから民主主義の世の中が始まった」といい、いろんな政党が乱立したときに同じ論法が出てきた。

関川 それこそ「スキンディープ」じゃないですか。別のお化粧を皮一枚分つけた。

鶴見 そうそう。そして民科、つまり「民主主義科学者協会」が出てきて、これは唯物論をやる方向に行くだろうという、そういう予見がありましたね。自分は共産党とは一線を画す。けれども、戦争中、最後まで戦時体制と戦ったということに対しては脱帽しますよ。わたしはそれに対して十分恥じているんですから。戦中のあの長い間の共産党の闘いに対して、大変立派なものだと思いますね。だけど、戦後、ソ連の唯物論の方向にいくことに対しては警戒心を持っていて、そこに合体することはなかった。

関川　そうすると、どんなお化粧をしても日本の本質は変わらないだろうと、シニックな気持ちになるわけですか。

鶴見　シニックな気持ちは非常に強くありましたね。それは自分に向けられているわけで、「俺はダメだなぁ」という感じがあるわけで、やがてそれは変わってくるんだけど。

「いい人」は困る

鶴見　……でもね、総理大臣の演説というのは、戦時中の「国体を明徴にし……」とやってきたのが、池田勇人（一八九九～一九六五）が総理になったときにね、経済統計をちゃんと引用する演説になった。それまでと違う。国民総生産がこれだけでこうやっていくとこうなっていく。そういうふうにね、「言葉のお守り的使用法」から相当離れているでしょう。その流れを作ったのは都留重人（経済学者。一九一二～二〇〇六）なんです。「経済白書」というものの大切さを説いたんだ。都留さんは、占領下に驚くべき政治力を発揮したと思う。「経済白書」の型を作ったでしょう。それは、総理大臣の演説までの型を変えていったんだ。ところが、この型も、結局いまでは後景に退いていますね。

関川　都留重人はそれだけの影響力を一人で与えたのだから、やっぱり戦後にも個人はいたということですね。

鶴見　丸山眞男にしろ、都留重人にしろ個人ですよ。戦争中、どういうふうに耐えたかで大体見極めがつくのです。右翼にもいます。葦津耕次郎の息子の葦津珍彦《うずひこ》（神道思想家。一九〇九〜九二）、戦争中牢屋へ入っていたんだし、戦後の杉山龍丸だってそうです。そういう個人なんですよ。

杉山龍丸のやった偉業というのは、彼は父の夢野久作譲りの三万坪の土地を福岡に持っていた。インドのガンジーが作った塾の生き残りを日本に連れてくるため、それから砂漠緑化のためにインドに行っていろんな技法を教える、そのためにそのお金をどんどん使って、最後には三万坪の土地はゼロ、文無しになって死ぬんです。子孫は文無しです。それは、高度成長のときに逆回りするんですから、わたしはこれを壮挙と思います。大した男がいる。彼は個人です。

関川　高度成長で、日本人が具体的な経済的目標を見つけてみんながまっしぐらに進むという空気のなかで、個人は少しずつ見えなくなっていった、そんな感じですか。

鶴見　そうです、日本は新しい軍隊組織、歩兵の組織に入っちゃった。

関川　一八五三年以前にはもっと個人がいたではないかという考えを鶴見さんがお持ちになったのだとすると、その当時「近代化」以降は年ごとに個人が減ると苛立たれた？

鶴見　アメリカに向かう、つまり日本を出る前からビックリしていたんだけども、例えば、わたしは武者小路実篤をとても尊敬していたんです。しかし、それまで「人間万歳」といっていた、その人が日本を発つ前、昭和一二、一三年には「ルーズベルトと蔣介石（一八八七〜一九七五）とチャーチル（一八七四〜一九六五）は世界の三馬鹿だ」。「日中一緒にならないのはばかげている。中国の戦争の意味が分かっていない」、それに「平和のために死んでもいい」。そういうふうに変わってきていた。もう昭和一二、一三年ぐらい。つまり、わたしが不良少年として動いていたとき一人でやっていたんで、わたしには仲間がいない。だから、不良から足を洗うという と指を詰めろ、なんてだれもいわない。いつでも一人でいい気になって悪いことをやっていた。そこから見ると、武者小路実篤はとんでもないことなんです。真面目な人はいかんなと、不良のわたしは思いました。

関川　倉田百三（劇作家、評論家。一八九一〜一九四三）も、そういう傾向がありましたね。

鶴見　倉田百三も熱中して読んでいた一人なんですよ。『出家とその弟子』とか『布施太子の入山』、あの人も『祖国への愛と認識』という本で変わった。

関川　二人ともいい人ですよ。

鶴見　そう、いい人がいけない。悪人性がないでしょう。だから、真面目な人、いい人は困るなぁ。「正義の人ははた迷惑だ」。それが戻ってくるわけ。俺は悪党として生きるというのはちょっと後戻りするんだけど、それが自分の中にあって、ひとつ貫いている。ゼロ歳から今日まで貫いているけど、そこだね。俺は悪党だ。

関川　でも、いい人と真面目な人がいないと世の中うまく回らないでしょう。悪党の個人だけでは、世の中というものにはならないのでは？

鶴見　いい人ほど友達として頼りにならない。いい人は世の中と一緒にぐらぐらと動いていく。でも、悪党は頼りになる、敵としても味方としてもね。悪党はある種の法則性を持っているんだ。これこれのことをやれば、これこれのことが出てくるというね。

関川　なるほど、それは非常に合理的な考え方ですね。

鶴見　ですから、なるべく、わたしは何か事を起こすときに、悪人性が少しある人を仲間にしたい。完全な善人は困るよ。

関川　べ平連は、そういうつもりでやられたんですか。悪人性がある人を仲間にされた？

鶴見　高畠には悪人性があるね。彼が作った運動なんですよ、これは。

関川　小田実にはありますか。

鶴見　（やや考えてから）ほんの少し（笑）。とにかく、自分のポケットに入った金を全部出しちゃう。あれは悪人と関係ないんだけど、すごいね。やっぱり小田は……。

関川　いい人じゃないですか。

鶴見　そのぐらいのいい人なら、わたしだっていい人ですよ。

関川　そうですね。ずいぶん出したから。

鶴見　ポケットにあるものを全部出しちゃうぐらいのことをやりますよ（笑）。

「転向研究」へ

関川　鶴見さんは、「転向の研究」をされましたね。一九五四年ですから昭和二九年。

何か動機があったんでしょうか。

鶴見　それは、戦争を引きずっているからです。つまり……。

関川　それは何ですか……。

鶴見　あまりいいたくはないんですがね。「転向研究」の動機は、わたしの親父（鶴見祐輔。政治家。一八八五～一九七三）。です。親父は、いつでも食卓で自由主義を理想にして、いろんなことを説いていた。ところが、それがだんだんおかしくなるんだよね。結局、大政翼賛会の総務をやることになり、「戦争万歳」になっちゃうんだけれどもね。あとで考えてみるとその兆候は、わたしが子どものときのあるときからあったんだね。それは、食卓の話題で気がついていて変だなと思った。でも親父はとても親切で、不良少年になったわたしをアメリカに送ってくれたんだ。しかし、偶然、わたしは二〇歳で軍属になった。これも戦争が幸いしたんですが、軍属として家を出ていったから、親父からお金をもらわないで済んだ。金銭的な関係ではね。

だけど、親父の屈辱はわたしの屈辱だね。「平和のため」とかいって、東京空襲したアメリカ人を死刑にするのに賛成しているんだもの。これじゃ、しようがないじゃないの。彼は一高一番の秀才だから、ときの総理なら総理に差しで話されると説得されちゃうわけだ。家の食卓では、「こうやって、こうやって、こうやって負ける」。そう話すんだ。ところが、議会に行くと別な話をするんだね。いい人はかなわない。

だから、「自由主義者の変質」ということが、わたしにとっての転向研究のモチーフなんです。

ところが、その『転向』だけど、上・中・下の三巻物の大冊になると、この三巻が、共産党から離れた学生運動の手に渡ったんだ。「何、共産党だって、戦争中、こいつ転向したじゃないか」といって、そのデカイ本で相手をぶったたく道具に使うんだね。そういうためにあるんではないんだ。ところが、猛烈に売れたんです。三冊で十万部売れたと思う。そんな売れるなんて、むちゃくちゃだね。こんなデカイ本だから復刻できないし、いまでも平凡社には「汚れていてもいいから欲しい」という電話がかかるそうだよ。でも、復刻できない。古本屋で高値だそうだ。だけど、相手の頭を叩くというのは、わたし個人の動機と全然違う。わたしは、公で親父をあまり攻撃したくないと思っている。だけど、動機はそれだった。親父の屈辱はわたしの屈辱。そういうものです。

関川　家で話していればわかるのに、議会では違う。それは、いい人だから？　それとも一高一番のせいですか。

鶴見　いい人というのは、そういうものです。いい人であることと善人であることの両方が相乗作用する。このことは、あまり扱いたくないことなんだ。親父は才能のある人ですよ。（部屋の壁の掛軸を指さしながら）字を見たってきれいでしょう。

関川　ホントだ、お父さんのですか。

鶴見　そうです。字は見事ですよ。なんでもできる人なんだ。原稿を書いてもヒューッと八十枚ぐらい書いちゃう。

関川　根っから優秀なんですね。

鶴見　東大卒の銀時計ではないし、高文二番だったのが屈辱なんだ。代議士に出るのだって岡山で最高点で上がった。そのときに彼の細君の親父（後藤新平）は、「鶴見の最高点はよくない」といった。その後藤新平の方が悪人性があるから、わたしの親父より政治がわかっているんだね。親父は政治というものがわかっていないんだ、善人なんだね。

関川　それでは政治家に向いていないじゃないですか。

鶴見　全く向いていないことをやったんだね。他のことをむりやりやればよかったんだ。

関川　官僚だけで生涯を終わっていたならどうだったでしょうか。

鶴見　上の人がよければね。上の人がよければくっついていったでしょう。ものすごく親切な人なんです。わたしがどこかに行くとしたら、わたしの体が弱いと思うから、荷物を詰めてくれて鞄もってあとを歩いて来るんだ。

関川　いい人だなぁ。

鶴見　いい人なんだ。そういうのが困るんだよ。お袋はわたしを殺そうとした。親父は助けてくれた（笑）。

関川　お父さんがいなかったら、生き残れなかったかもしれない。命の恩人じゃないですか。それはやっぱり感謝しないと。

鶴見　だから、「転向研究」でも、わたしは親父をたたいてないでしょう。巻末の小伝以外では。ところが本になると今度は、その結果まずいことになっちゃったんだ、誤解されてね。

かなり後なんだけど、金芝河事件（一九七四年）が起こったとき、わたしたちは数寄屋橋で断食をやったあと、「外務省に行こう、行ってくれ」といわれたんだけど、わたしは断わった。外務省に行くとね、向こうから出てくるのが東郷文彦だということを知っているからね。安保のとき（一九六〇年）に、わたしが大学をやめてデモに入った。親父はもう倒れていて、十四年間寝たきりで失語症だったんだね。あの国会の中に親父がいないのが助かるなぁと思ったね。そういうことがある（笑）。

関川　苦労しますね。やはり名門だから。友達もまたそうだから。そういう環境だったから。

鶴見　だから、もうしようがないんだよ。いろんな仕方で、わたしがぶん殴られるのは当たり前なんです。文化大革命が日本にあるとして、わたしが下放《かほう》されるのは当たり前なんだ。

関川　下放ですか。

鶴見　下放。わたしはわたしなりに覚悟してきたつもりなんだけどね。

関川　そうか、自分で自分を下放されたのか。

とにかく一九五四年に共同研究「転向研究」を始められました。「大切なのは本物ではなくて、例えばどういうふうに間違ったかとか、あるいはどういうふうに変化したか。その中に面白いもの、見るべきものがあるんだ」。そういう言葉を記憶していますけど。

鶴見　そうです。

関川　それが転向研究の主題ですか。

鶴見　わたし個人としてはそうだし、仲間は、仲間というのは、はじめ大学三年生なんですよ。

関川　そんなに若い人たちが？

鶴見　上野の図書館に行って同時代の新聞記事を一緒に読む。そういうことから始めたんです。山領健二（思想史学者。一九三三〜）、高畠通敏、社会運動事典の原型を作ったしまねきよし（一九三一〜八七）。その後、出版社の「アソシエーション」を作る石井紀子。わたしの細君は卒業直後でしたが、魚津郁夫、後藤宏行、佐藤惣悦、西崎京子、西勝（仁科悟朗）。オリジナルのメンバーのほとんどは、始めたとき、みんな大学三年生です。

関川　鶴見さんが、もちろん最年長ですね。

鶴見　そうです。始めてから、あとで息が切れてきて、ずーっと歩いてきて、最後に出版社と出版契約をするほとんど前夜に藤田省三（思想家。一九二七〜二〇〇三）と安田武に入ってもらった。安田武は安定した状況を作った。藤田省三はものすごい力を出し、上・中・下三巻の序説を書いた。この転向の共同研究は藤田省三がいなければできなかったね。藤田の仕事の中でのピークでしょう。

そうそう、中巻になるとまた息切れしてきた。そこで、秋山清（詩人。一九〇四～八八）や、先輩ですよ、そして橋川文三（思想家。一九二二～八三）に入ってもらい、下巻編集のときにまた息切れして、またまた大野力・明男兄弟（評論家）たちの補強を受けるんです。最終的には、二十四、五人だと思う。平凡社の編集者鈴木均と児玉惇の二人が八年間、この共同研究に付き合ってくれたのが大きい力でしたね。初めのオリジナルのグループは、わたしと判沢弘（歴史家。一九一九～八七）と大学三年生、四年生だったんです。

関川 転向の仕方にもいろいろある、ということですか。

鶴見 そうです。

関川 例えば、佐野学の方法と、その他の人とは全然違うと。

鶴見 一人一人の転向の跡をまず事実として、そしてさらに転向の方法として見てみようということです。資料によって事実を描く。それから、最小の評価を引き出す。それだけなんです。

関川 転向したことがよくない、潔くないという考え方ではないんですよね。

鶴見 転向したものが悪い、転向しなかったのがいいという考え方は必ずしも取らない。

関川　わたしが感じるのは佐野、鍋山の転向は、ある種日本的、あるいは明治近代国家的であるというような気がしますよね。

鶴見　佐野はそうです。鍋山は学歴がないからちょっと違うんだ。佐野学は九州の医者の一族として生まれてとても秀才なんです。佐野の兄貴が明治末から日本で初期の精神病院を作った人で、その細君がわたしの伯母に当たる。つまり、後藤新平の最初の娘なんです。養女ということになっていますが実は結婚の前にできた実子。それが佐野彪太の妻になるわけで、学は彪太の実弟です。彼は「東大新人会」に入って、東大を出てすぐ早稲田の教授になる。

関川　それは奇縁。とても不思議なのは、共産党から党籍を離脱しないで転向しちゃうところですね。

鶴見　それは高畠通敏が見つけたことなんです。脱党届も何も出さないで、ぽーんと転向しちゃう、実質的に。それに従う人がどんどんどんどん出てくる。その中にある種の形式感覚がありますね。自分は委員長であるから、自分がこっちへ回れば人がついてくると思っている。それじゃ、党というのはいったい何なのか。その問題です。

関川　共産党そのものが転向したということになっちゃいますよね。

鶴見　そうです。

関川　それなのに共産党員という名前は残っている上に、彼は委員長であったりするわけでしょう。不思議ですね。

鶴見　不思議です。

関川　佐野さんには、よほど自信があったということですか。

鶴見　そう。だけど「東大新人会」系の指導者は大体、昭和に入って満州事変から同じやり方で変わっていきます。自分は能力があって人民から選ばれたものであるから、自分の判断に人はしたがって来るべきだという選民意識ですね。いまも、東大出た人間は他の人間と違うと思っているでしょう。わたしの親父にもそれがありました。一高英法科一番の人間は当然に首相になるべきだと思っていたね。彼は結局、ただの一回大臣になっただけで終わったから、もう政治のことを考えたくなくなっていた。失語症になった十四年間、彼が歌を歌ったのは「嗚呼玉杯に花うけて」です。

関川　一高寮歌。

鶴見　一高のときに彼は首席だった。全国の若い人のトップに立ったからでしょう。

関川　勉強ができた。それは、そんなに誇れるかなぁ。

鶴見　親父はそうでした。だから、わたしがこうなったの（笑）。そこでわたしは「東大、何をこの野郎、バカだろう、バカだろう」と思うわけだ。「東大首席ならもう極めつけのバカだろう」と思う。まず、そう思っちゃうわけ。

関川　いまも普通の人は、そうは思っていませんね。大蔵省といった官庁では、いまでも非常に根強いかもしれませんね。

鶴見　そうです。

高度経済下での転向問題

関川　日本は変わらないですね。

鶴見　（笑）。だけど、これからは変わっていくでしょう。昔は東大出の官僚は賄賂をもらわなかった。自分の健康さえ保てば、出世して老後も豊かな暮らしを保証されていたから。しかし、いまはそれに控える次官でも賄賂を取る。これは大きな変化です。……頭がいいということは、成績で測れるものかね、ということが問題なんです。水木しげるは四十一人中の四十一番だった。だけど頭がいい。その尺度に変われるか。

戦後高度成長の中での転向というのは、だんだんにイタリア、フランス型になってきましたね。公然と転向しても様々な別の道が拓けている。ただひとつ違うのは、元学生運動の経歴のある人は、保守的になってもまだ威張った口調でものをいうことですね。それは、フランスやイタリアにはない。だが、そのフランスやイタリアの場合には、自分が共産党から離れたときに、いままでより現実的でいい目標を自分は見つけたと思う。そこに確信を持っているということがあるんです。それはフランス、イタリア、イギリスもそうだと思う。この三国に共通しています。アメリカは必ずしも同時代ではそうではなかった。ところが、日本はそうではなくて、大まかにいえば共産党から離れた人間はそこから右翼に突っ走り、「国体万歳、天皇の下、団結するほかない」。これで大東亜共栄圏ということになっていった。そこまで追い込まれていくんですね。これが日本の一九三〇年代の特徴だった。

関川　確かに歴史はそうだったんでしょうけれど、身をもって体験していないと、なぜそうなのかわかりにくい。転向はわかる。だけど、普通の中ぐらいのところでぬけぬけと泳いでいくとか、そういう選択はなかったんですか。

鶴見　それは、あなたがいま、フランス、イタリア型になった日本に住んでいるからです。ただひとつは、テレビを見ていても元全学連の指導者というのは全然別のことをいっても同じ威張った口調でものをいうなぁと思うでしょうね。

関川　そう思う人は何人かいますが。
鶴見　そうそう（笑）。そこだけがちょっとイタリアと違うんだ。
関川　たしかに昔むやみに元気がよくて、いまもいたずらに元気がいいという人はいる。しかし、みんなの信頼は、それほど得られないでしょうね。
鶴見　変わってきたのはいいことです。
　沖縄に行ったことがある。そこで島成郎（一九三一～二〇〇〇）が、そば屋で待っているというので行ったんですね。初対面なんです。島成郎が沖縄そばを奢ってくれた。話していると、立派な生き方をしているなと思った。
関川　島さんというのは六〇年安保の学生リーダーでしたね、東大医学部出身でしたか。
鶴見　代々木全学連のはしり、一九五九年の国会突入のリーダーです。学生運動を通ってきて、沖縄の離島の医者をしていました。これは、真っ当な生き方じゃないですか。人間の感じもいい。
関川　島さんの場合は、転向ではないんですか。
鶴見　中野重治（作家、評論家。一九〇二～七九）の場合と似ているんです。中野重治については、吉本隆明のとても優れたエッセイ（『転向論』）があり、そこから中野の転向の価値に光が当たった。その後、海外の二人の人間が、文章を書いている。その一人は日本語で書いている林淑美《りんしゅくび》（日本近代文学研究者。一九四九～）という人です。もうひとりはミリアム・シルババーグです。

シルババーグは、カリフォルニアに住んでいる女性の中野重治研究家なんですが、彼女が中野重治を扱ったときの題は『チェンジング・ソング』（邦訳『中野重治とモダン・マルクス主義』）なんですね。転向論じゃないんだ。「チェンジング・ソング」。つまり、中野重治は必死になって状況と取り組んで、そのとき、そのときに見事な歌を歌った。その時代に働きかけるように歌を歌った。そういう視点なんです。「転向と抵抗」。この二つの側面から見れば転向なんだけど、別な側面から見れば抵抗。そこから。励ましの歌を受け取る人間が常に、中野重治にはいた。そういうんだね。

だけど、同時代の中條百合子（宮本百合子。作家。一八九九～一九五一）でいうと、中條は真っ向からという仕方で一歩も引かずに書いていて、あの時代に書いたエッセイはすごいものですよ。曖昧さを許さない。見事ですよ。彼女は、ブルジョワ出身でも全然違う人なんだね、中野と比べてみると。ところが中野は実はネチネチした進み方で、そういう方法で対抗している。それを転向したというふうにいうのは片手落ち。ここでは転向、ここでは抵抗。転向が抵抗になっている。シルババーグが書いているのですが、「チェンジング・ソング」。読んでいてなるほどと思ったね。

関川 そうか。転向は抵抗でもあり得るという考え。

鶴見 我々が転向で扱うのと、逆のところからものをいっている。それは、同じところへ来るんですよ。だけど「チェンジング・ソング」、誰もが、この「チェンジング・ソング」をしていく。そのことが、同時代に生きていく人間に励ましを与える与え方がある。中野重治は常に励ましを与えた、わかっている人にね。

関川 いまでも、「雨の降る品川駅」を読むと感動しますね。この感動はなんなんだろうと思いますよ。

中野重治の場合、何かをがっちりと摑んで、それを信じていたんじゃないんですか。もっと柔らかく、手を添えたという感じ?

鶴見 彼は自分の育ちから手を離すことがなかった。それがゆっくりと現われてくるわけだけども、彼はプロレタリア運動の中にあって書くでしょう。例えば、「車輪の発明者の名前は誰も知らず」とね。素朴でしょう。名言です。車輪を発明した個人がいた。そういう。このことは、「毛沢東と人民大衆」という言い方ではないんだ。個人がいた、とね。無名の個人なんだ。彼がプロレタリア運動の文化を担っていたときに書いたものですよ。いやぁ、すごいな、この一行は。それから、もっと時代が悪くなって戦争時代になってくると、「俺は田舎者だ。桶を桶と呼ぶ」。この一行がパーッと光り、読む者に訴える力を持っている。「チェンジング・ソング」なんだよ。いろんな言葉に韜晦《とうかい》してやることはしないんだ。「俺は田舎者」と一言。

関川　鶴見さんたちが共同研究でやられた後で、自分たちの仕事の意味は、例えば「チェンジング・ソング」ということだったな、と気づかれたんですか。

鶴見　ええ、ミリアム・シルババーグの本は三年ほど前にでたんです。ああ、なるほどなと思いました。海外の評価の中に中野重治を置き、埴谷雄高を置けば、別の光は当然でてくるでしょう。

関川　後生畏るべしというか。世界は広い。

鶴見　そうです、そうです。林淑美が書いている中野論（『中野重治　連続する転向』）もいいですよ。いまの平凡社ライブラリーは彼女の編集でしょう。『中野重治評論集』。

関川　転向したとかしなかったとか、そういうことをいっているわけではないのですね。

鶴見　そうじゃない。それは問題を矮小化するので、「戦後の日本は無条件降伏だったか、無条件降伏の条件的受諾であったか」。そんなこと、問題は小さいでしょ。加藤典洋のように、小さな区分を取っ払い、原爆を持った者が押していく力、押しつける力、これが無条件降伏だという方が本質を摑んでいます。転向もそのように摑めると思う。

関川　やっぱり歳月は必要ですね。

鶴見　加藤典洋が出てくるまでに五十年近くかかった。

関川　かかりましたね。

鶴見　そういうものでしょう。

関川　『チェンジング・ソング』が出てくるまでも、五十年はかかったわけですし。

鶴見　中野重治は読むに耐えるんだ。

関川　耐えますね。不思議なことです。あの人の「豪傑」という詩は美しく魅力的であって、それでいて右翼か左翼かよくわからない。そういうこととは関係なさそうだ、とだけは感じます。

敵対するものの顔に似てくる

関川　いまの目で転向ということを考えますと、そんなに重要なの？　と何となくわたしは考えちゃうんですよね。というのは、わたしも六〇年代末期に青年期を送りましたから、その後は自然に転向しているわけです。しかしそれは極めて自然なことじゃないのかなぁという思いがあるものですから。昭和二九年から昭和三七年まで行われた膨大な研究が、それほど切実だったという臨場感、それが理解できないんですね。

鶴見　思想のあり方、つまり思想の表面だけをみるのではないということと、もうひとつには、転向の強制力の根源である国家権力が、明治、大正、昭和、昭和の敗戦までの時期と、関川さんのおっしゃるいまと比べてみますとね。いまは「これがただひとつの正しい道だ。無条件で天皇に従う。これだけだ」とギューッと押してくる力を持っていないからです。向こうがソフトの構造になってきたんです。天皇家の個人個人を考えてご覧なさい。いまの大学教授よりずっと自由主義的です。物わかりもいいし学力もあります。ストーリーテリングも相当なものです。それが国家権力の上にいるからいろんな作用をするわけで、戦前と構造が違ってきましたね。

つまり、自分が敵対するものの顔に、大体似てくるものなんですよ。まなじり決してものすごい勢いでグーッと来たら、こっちも同じ顔になっているんです、抵抗する側も。向こうの顔がのんびりしてきたでしょう。「憲法を守りたい」といっているんだから。こちらの表情も変わってくるでしょう、こっちも「チェンジング・ソング」になるのは当たり前じゃないの（笑）。

関川 しかし、戦後九年目から十七年目までの間には、戦前という時代を経過した人、戦争を経験した人には、『転向研究』は切実なものだった。

鶴見 触れてはいけないことだった、タブーだったんです。いまも、古い意味で共産主義を守っている人にとっては『転向研究』は非常に忌まわしい本です。共産党にとって転向とは「共産党に従うのか、従わないか」だけなんだから。つまり、それは特高検事が行っているのと同じやり方なんです。顔が表情が似てくるものなんです。

関川 スキンの色が違うだけ。

鶴見 昭和の横綱同士の決戦です。両方が土俵に上がってね。

いまはちょっと違うんですよ。いまはどういうふうに考えていくか。いまの状況をまず捉えなければならないでしょ。大きな五百年のうねりの中でみると、世界においてヨーロッパの役割が変わってきたんです。だから、一八五〇年代のときの日本の知識人にとってのヨーロッパ、福沢諭吉にとってのヨーロッパと違ってきたんです。例えば、さきの戦争中、ロマン・ロランはいた。理想主義で平和主義のロマン・ロランを一生懸命に訳し続けていた宮本正清（ロマン・ロラン研究者。一八九八〜一九八二）のような人がいて、岩波文庫で削除されながらとにかく出した。そういう時代といまは大きく違うでしょう。かつてあった「ヨーロッパのあの思想、あの文学こそが本物だ」というのが相当揺らいできたから、「えっ、あんなもの」と思うようになったでしょ。

そうすると、転向は、そこのただひとつの正しい基準から逸れるというふうには定義しにくい。むしろ、ヨーロッパの歴史の中でも、中世神学の終わりに出たパラケルスス（錬金術師。一四九三〜一五四一）は、完全な信仰を持つものにとっては善行はあり得ない、何をやっても自分の身を捨てても報酬は天国であるんだから、といった。そうすると、善行はどういうふうにして可能かというと、不信心からしか善行はない。

関川　そういうことになりますな。

鶴見　悪人だけが善行を成し得る。そのパラドックスを、パラケルススは見ていたんです。パラケルススの神学はそういうものなんです。中世のスコラ哲学そのものが偉大な思想をはらんでいた。

関川　やっぱり悪人は大切だ。

鶴見　これが本物だという考え方から、わたしはわりあいに早く離れた。だから、（自宅の）玄関に入るとタヌキが置いてあったでしょう。タヌキが重大なんです。常に疑うことが……。それが悪人の立場。タヌキは、わたしの思想の中のメタファーなんです。タヌキのようにありたい。キツネはわるがしこい。自分の知恵にたよっちゃうでしょ。タヌキは愛嬌もある。信楽《しがらき》へ行ったときに、あそこの町では人間の人口よりタヌキの人口の方が多い。町中にタヌキが林立しているのを見たときに感激した。そのときに、タヌキの信楽焼をひとつ買ってきた。タヌキを玄関に置いた。ここは、タヌキを象徴とする家なんです。

関川　タヌキというのはユーモラスな存在で、それから何事も固く信じたりはしない。そういうことですね。

鶴見　ときにしっぽを出すでしょう。綻びがあるじゃないの。

関川　綻びがありますなぁ。

鶴見　そう、終始一貫して完全に綻びのない体系を作りはしない。作る能力がないこともあるんだけれども。そのように生きたい。

関川　つまり、世の中には正しいとか絶対正しくないとかということは、基本的にはない。そういう考えですか。

鶴見　最終的には、ね。いま生きている状況の中での選択です。だからね、イギリスに進化論が出てきたときに、それを熱烈に擁護したのはトーマス・ハクスリー（イギリスの生物学者。一八二五〜九五）なんですけれども、トーマス・ハクスリーはそれについて二つの論文を書いている。

「人間が動物からこのようにして進化してきた。闘争があり食い合いがあった。そのようにして進化してきた。この事実を認めよう。そしてここに人間がいる。この人間が、強いものが弱いものを全部殺しちゃって喰っていくというそのやり方を、これは踏襲する必要はないじゃないか。人間はそのようにして現われた。人間が人間としてこの動物進化をしっかりと見据えて自分にできることをやっていこう」

これは極めてリアリスティックです。これがイギリスで起こり始めた「社会ダーウィニズム」を潰してしまった。一番熱心な宣伝家が潰したんです。結局、その「社会ダーウィニズム」はドイツへ行った。ドイツでは「社会ダーウィニズム」が起こって、それが日本に飛び火して、日本でも加藤弘之（政治学者。一八三六〜一九一六）などが、「強い国家が弱い国家を潰す。これが進化の科学的法則だ」ということをいい始めてきたでしょう。だけど、イギリスではそうはならなかった。それはトーマス・ハクスリーが「進化と倫理」という論文と「自然界における人間の位置」という二つの論文を書いた影響です。

関川　戦時下の日本は固い何ものかであった。それに対抗するものも、やはり個人ではあるけれども、固いものにならざるを得なかった。その後、日本のシステムは相対的に柔らかいものに変わっていった。そうすると鶴見さんもやはり柔らかくなりかわった。

鶴見　十五、六歳のときは、俺は生ける癌であると思っていました。そのように自分は生きてきたし人に迷惑をかけてきた。だけど、歳をとるに従ってだんだん鈍くなってきて、自分の生き方を考えてみると、あんまり生ける癌として、この五十年を暴れ回って人に迷惑をかけてきたとも思えないんだよね。だから、歳をとるのと鈍くなるという両方がもたれ合っていて、いまは自分の内部の癌は縮小している。しかし、自分が癌である、自分が悪人であるという意識だけは手放したくない。これを手放せば俺はおしまいだ。俺が石になるとき、それは仕方がない。それだけ。

関川　でも、悪人だけでは生きられないから、やむを得ず人のお役に立ってしまうこともあるということかな。

鶴見　悪人が、しかし悪によって人の役に立つので、悪を手放したら役にさえ立たないのではないでしょうか。単なるお人好しでアハハハと笑っていてはね（笑）。

思想の体系化から遠く離れる

関川　素朴なお尋ねをしますけれども、さきほど鶴見さんと、この近くにある神社に行きました。わたしは意外に思いましたけれども、鶴見さんが神社にお参りをされる、そしてその場所が好きであるとおっしゃった。これは昔のわたしの単なるイメージですが、マスコミによって作られた進歩的知識人からすると「これはいわゆる転向なのかなあ」などと思ったのですけれども。

鶴見　……。

関川　あるいは、前にいわれた「ペイトリオティズム」、そういう愛郷主義ですか。転向の末にやってきた穏やかなもの？

鶴見　わたしは小さいときから自殺したかった。十代のころに、自殺を何度も図った。しかし、高いビルの上から飛び降りるということをしなかったから一〇〇パーセントの成功ではなくて、九〇パーセントぐらいで、あと一〇パーセントは生き残る見込みのある自殺でね。そこのところは奸智に長《た》けているのだけれども、可能性を持ってね、睡眠薬を飲んで渋谷のカフェ街に寝てしまうとか、そういうことを繰り返した。そのときは、自殺したいという衝動があったことは確かです。生きることを憎んでいた、自分が生きることを。その立場に立つと、生命のトータルの否定ができるから、思想の体系性ができる。自分の生の外に立つ、架空の場所に自分を置いてみるから、完全に体系化ができるでしょう。思想の体系性というものがね、自分の生を生きることを憎んでいた時代にはありましたね。

関川　主義ですね、それは一種の。

鶴見　体系的なもの。それが続いていたんですが、そうですね、あるときからそれがぼけてきて、自分が生きていることを受け入れてきたんです。そのことによって転向は起こります。元のような体系性を作ろうとしてません。確かにわたしの仕事は体系性はない。

関川　敢えてお作りにならないのでしょう。

鶴見　作らないです。自分が生きていること、生命を完全に憎んでいるときには憎しみが体系を作るんです。生の外にステップアウトしているから、架空の自分を立てて。だからショーペンハウエル（ドイツの哲学者。一七八八〜一八六〇）には体系がありますね。体系を本気で作っている人間には、そういうところがありますね。わたしには体系を作るという情熱の場所がない（笑）。だから、その意味では転向でしょう（笑）。

関川 憎しみの体系とは、どこで作られるのですか。

鶴見 生の憎しみ（笑）。よくわからないんですね。自然に作れるようになったみたいなものなんです。憎しみの靄《もや》の中にだんだんに消えていって、何だか知らないけれども、いなくなっちゃうでしょう、ああいう感じ。前は、ものすごい憎しみを自己に対して、また生に対して持っていたから、自分もろともに爆弾が落ちて死んでしまえばいいという戦争中の感じですね。そこには、体系性が成立する余地があります。体系的な日本批判の場になる。そういう体系性が変わってきちゃったんだよね。アニミズムなんて体系はないでしょう。

関川 ないですね。

鶴見 ミミズにも哲学がある。ミミズは地上に出たままなら、太陽の陽を浴びてひからびてしまう。そうならないように動いている。思想でしょう。わたしはそう思っています。そのミミズの動きなんだ。

関川 いま、鶴見さんの尻尾ってどこなんですか。

鶴見 鬱病です。鬱病の再発を恐れている。鬱病というのが出てくると、それに対して無力なんですよ。わたしは十二歳のときから十五ぐらいまで鬱病。それから二十九歳のときと三十八歳のとき、三回鬱病がでている。三十八歳のときから起こってないから三十六年起こってないので、おそらくうまくいけば死ぬまで起こらないでしょう。逃げ切りたいね。だけど、わたしの体の中にはそれが残っているから、不随意筋が働いて、これをやったら鬱病になるというサインがある。

二百年の幅で現在を

関川 ところで、一九八〇年ぐらいまではいろいろなところで発言を拝見しましたが、八〇年を過ぎて、もう十七年になりますけれども、あまりお見かけしなくなりました。意図されてのことですか。

鶴見 それは、自分が耄碌《もうろく》したことの自覚を持ちたいと思っているからです。

関川 十七年前だったらまだ五十代ですよ。

鶴見 (笑)。相当に耄碌していると思いました。わたしは努力してなるべく本をまとめないようにしている。

関川 努力してまとめない。

鶴見 ある程度のことをやるでしょう。それを何年か経ってこうやってみないと球筋がはっきりしないんですよ、自分にとって。

関川　球筋がはっきりしない。

鶴見　どれだけのことをやったか。最初は五十歳になるちょっと前に最初の著作集（『鶴見俊輔著作集』全五巻）を作った。そのときは、それまでの球筋が自分に見えたわけですね、戦後の球筋。今度は七十歳のときに第二番目の著作集（『鶴見俊輔集』全十二巻）を作ってもらい、これで球筋が見えたんです。戦後日本の五十年の中でいえば、それぞれの状況を読んで割合にいい球を投げていたと思う。

だけど、いまどれだけのことをやっているかというのが自信がない。だから、死んだ後にはしょうがない、活字にしたもの以外は決して出すなということをいっている。それだけになるでしょう。自分は生きていたとしたら、毫碌してなければ、自分の球筋、いまの状況に対して自分が投げている球をどれだけのものだったかを状況ぐるみ見るだけに、カメラから覗けて見える。カメラが覗けるとわりにしっかりと見えるでしょう。だから、話の主題を決めるときに「一八五三年から見たい」というのはそういうことなんです。黒船来航からですね。

一八五三年というのは、五三年で始まるわけではないから。その前の状況から見るわけで大体二百年の幅で見ることになる。つまり、いまを見るときに、来た道をずっと見るということです。いま生まれた人が、これからずーっと生きて行くであろう道を想像すると、二百年の中にある峠として、いまを見たい。

関川 二百年の中にある峠としてのいまを、ですか。

鶴見 そこにカメラを置きたい。カメラとしては、二百年が入るように置きたいと思っている。自分の書いたものなんていうのは、そんなものはわずかの状況の中だけれども、二百年に置けば、カメラを覗いてみればわかるわけじゃないですか。

サークルという場

鶴見 ……わたしは、偶然一人の悪人だったから生涯ライバルはいないのですよ。誰かと一生懸命競争したという記憶がない。

関川 ご両親はライバルではなかったのですか。

鶴見 強いていえば、お袋が巨大。生まれたときは、こっちが虫けらみたいなもので、向こうはゴジラみたいなものでしょう。だからゴジラに向かう……。

関川 正規戦では勝ち目はないですね。

鶴見 蟷螂《とうろう》の斧だね。

関川 蟷螂にもならないでしょう。食べさせてもらっているのだから。

鶴見　（笑）。だからそれが原型なんです。お袋はライバルというには、あまりにも相手が巨大であった。そういう意味でね。

関川　たとえば、転向の共同研究をされるようになってから、またはいくつかのサークルを持たれるようになってからは、誰かがライバルという感じはなかったのですか。

鶴見　サークルってライバルじゃないでしょう。

関川　彼がいい仕事をしたから僕もとか、そういうふうには考えないものなのですか。

鶴見　サークルという場はね、自分がいったことが誰によって使われてもいい、そういうとても豊かな感覚の場所なんです。ライバル意識というのじゃない。

関川　そうか。勉強会ならライバルになるのかもしれないけれども、サークルは違うのですね。

鶴見　自己教育というサークルでね。独学とは何か。そのサークルの集いの中で、何か、目から鱗がパッと落ちる。そこです。

関川　落ちた鱗のメモから書き物にして、それを威張りのない語り口で世に知らしめたら役に立ちますよ。救われる人が多いでしょう。

鶴見　しかし、それは、そう感じた人自身が熟成して書くことでしょう。佐藤忠男

（評論家。一九三〇～）も上坂冬子（作家。一九三〇～二〇〇九）も、そういう現場から出てきた書き手なんです。だから、これからも出ますよ。

そういうことが、わたしにとっての生き甲斐なんです。だから、ライバルなんていうものではないのです。昔は、要するに一人でこもっていたから。一人の悪人ですからね。つきあいはわたしにとっては重大なことではなかった。やっぱり、歳とともに鈍くなり変わってきたんです。転向です（笑）。

関川　転向だ。

気配を読む大切さ

鶴見　そろそろわたしから関川さん、あなたに（笑）。時間もかなり経ちました。

関川さんの『知識的大衆諸君、これもマンガだ』、この本の二一六ページ、「いしいひさいちの水準の漫画は、色物どころか全く油断できない批評である。常識人の批評眼に教養人の抽象力を加えて熟成した新しいドラマである」。ここが面白いね。いしいひさいち、ここに大衆思想の道がある。この人の思想は大衆から離れていないんです。

関川　いま鶴見さんに自分の文を朗読されて、赤面しましたけれども、いしいひさいちはすごいですよ。二、三回読んでも一筋縄の批評ではないから、簡単にはわからないのです。一高・東大的なセンスではとても追いきれないものも入っている気がするのです。彼は大衆ともいえない、知識人ともいえない新しい何者かなのでしょうね。

鶴見　均質のマスではない。ここが面白い。

いがらしみきおの『ぼのぼの』のことも書いてありますね。ラッコの「ぼのぼの」。ここでは、「スナドリネコ」を高く評価していて、結局、物書きも編集者というのも「スナドリネコ」だ、という考えだけれども、わたしは、「ぼのぼの」自身に身を置くんです。「ぼのぼの」には、気配の感覚があるでしょう。困ったことになった。どうしても恐ろしいことを考えそうな気がする。じっと考えていると、どんどんどんどん恐ろしくなっていく。それを感じる。その気配の感覚。これはすごいんです。どんどんどん恐ろしくなっていく。つまり気配を探って気配を伝える。それはもう、柔道から剣道までみんなそうです。それが日本文化だと思う。新しい日本文化の定義としても、古いものとして捨てることはできないでしょう。だから、もう一度、どういう風に気配の感覚を取り戻すかが問題なんです。気配を探り当てる道です。

関川　そうですね。神社には、ひたすら穏やかな気配がありました。

鶴見　京都に来たとき、桑原武夫さん（フランス文学者、評論家。一九〇四〜八八）が、わたしにずいぶん協力して、いろいろな人のところに、知らないわたしを連れていってくれた。ある日、「僕の友達で有名人ではないのだけれども、今西錦司（文化人類学者。一九〇二〜九二）というのがいて、これは天才だと思っている」。そういうんだ。桑原さんと今西さんは中学生の同級生なんだけど、すでに中学生のときに、はっきりしたそういう認識を持っていた。それは、桑原さんの偉大なところなんだ。桑原さんにとって今西さんはライバルじゃないんだね。自分が助ける人なんだね。今西さん、山登りのリーダーとして決して遭難したことがないんだ。天気を見て、引っ返そうと決断したときには引っ返す。

関川　気配？

鶴見　そうそう。天気と気配を読む。そういう今西さんは機械は全部だめでね、自動車も運転できない。だけど気配を読む。これが昔からの日本の文化の道なんです。

関川　タヌキの気配と同じ。

鶴見　それそれ。そういうものと結びついて、猿学（霊長類学）も現われた。生態学も現われた。その意味で日本の伝統を継ぐ人なのです。

関川　それは体系ではないから、真似することはできないですね。

鶴見　日本の文化に根ざしている。それは「ぼのぼの」にも現われている。その意味で「ぼのぼの」が面白い。だから、関川さんのやり方は「スナドリネコ」みたいで、「ああ、ＮＨＫのプロデューサーはみんなスナドリネコだ」と思うでしょう。だけど、「ぼのぼの」の道もあるんですよ。それが日本の文化の重大なところを重大なところによって定義している。

自分はちっぽけだという考え

関川　七〇年代の終わり頃に、鶴見さんが『がきデカ』を評論したことが記憶に鮮やかです。その後は漫画のことはおっしゃらないのかと思っていましたが、いまでも読むのですか。

鶴見　読みます。近頃、大感激したのが『寄生獣』なんです。

関川　ここにありますね。

鶴見　これは第十巻、終わりの巻ですよ。十冊買ってきて、夜九時に読み始めて読み上げたときにはもう白々明けだったのです。

関川　体に悪いですね。

鶴見　これを読んでいるうちに、心臓麻痺が起こって死んでもいいと思って読んだ。

関川　大袈裟だなぁ。

鶴見　ほんと、ほんと。命賭けて読むのでなければ読書とはいえませんよ。たかが漫画、そんなものじゃない、私にとっては。

関川　『寄生獣』を書いた岩明均君は、本当に涙を流して喜ぶでしょう。

鶴見　自我というのは、いろいろなものの複合でできているでしょう。近代的自我といっても、それを体系的にとらえられるものではないのだから。人間は、自分の中にたくさんの人間がいるというか、いろいろなものがひしめき合っている。そして、そこには隙間があるものです。そのとらえ方ですね。これは、数学の式にすることもできると山口昌哉（数学者。一九二五〜九八）はいう。山口昌哉は『寄生獣』を読んでいないと思うんだけれども、数式でこれを捉えている。「自己はどうしてできるのか」。これは自己言及の形式というんです。簡単にいえば、こういうことなんだ。

ここにある1は自我でしょう。その1について、もう一つの立場の自我があり、二つの自我があるとしたら、1プラス1分の1になるでしょう。これが自己言及です。これが、どんどん複雑になっていく。このようにして、自己は何かという問題は、自我の統一は数式によって図るということが型として見えてくる。ばらばらの自己の体の感覚が、いろいろなものがどういうふうにして統合されるか、自己を持ったといえるのか。それを、きちんと数式として表現することができるようになる、とね。彼は京大の数学の名誉教授だけれども、そのように考えていく。

関川 自我の統合、ですか。

鶴見 『寄生獣』もその問題と重なっているんです。ミトコンドリアという、その生命の発生からずっとくる流れが我々の中にあるわけだが、そういうもののせめぎ合っている場面として自分がいる。それがどうして自我として統一的に把握できるかというと、その複雑な計算を、このように数式でできるようにしてやっていく。その問題が、『寄生獣』の深いところにあるんです。

関川 『寄生獣』はそういうふうに読めますか。

鶴見 自分というのはどうなっていくのかというと、理想の自分なんてないのでね。最後に出てくるのは、俺はちっぽけな一匹の人間だ。せいぜい小さな家族を守る程度のことはできる。これは、さきほどのトーマス・ハクスリーと結論が似ているんだが、いまできる程度のことはできる。そういうことでね。

理想の本格的なものというのは、生物の歴史の外にはない。絵に描いた餅でしょう。たとえば、いまだったら、人間とは相当残酷なことは避けられると思っています。人を殺して死刑になるとしたら、その死刑は止められると思っている。他人を殺さないように、常に観察されるようにやっていく。そのような条件を作れると思っていますね。だけど、自分で死にたい人は別ですよ。それは自己死刑するわけだから。だけど、千年後に同じ条件が人間にとってあるかというのはわからない。いまの条件では、「この程度」という、そこが見える。そのことですね。いま、地球に六十億人いるわけだけれども、百億人になったらどうなるのか。そうなれば、死刑を避ける条件でさえもっと狭められてくるでしょう。

そういう問題でしょ。倫理の問題というのは、そのときのせめぎ合いの中での選択なんです。こういうのは、ただひとつの解答があって、それが理想の形だというふうな絵に描いた餅を作らない。そういう考え方が、『寄生獣』の中にもうひとつの道として出てくる。

関川　新しい考え方というか、昔、我々を苦しめた「理想」から自由ですね。

鶴見　近代的自我の存在を前提として、大正から敗戦まできて、敗戦になってまた性懲りもなくもう一度上がってきた思想と違うところが、高度成長の中の一大成果です。高度成長が何をもたらしたのか。これだけのものはいままで出たことがないでしょう。

関川　高度成長は電気釜だけじゃなかった。

鶴見　わたし個人の読書人としての生涯でも、我を忘れてひとつのポジションで読み通したのは、ツルゲーネフの『ルーディン』と、この岩明均の『寄生獣』とふたつだけだ。

関川　でも、ツルゲーネフを読んだのは大昔でしょう。

鶴見　ツルゲーネフは十五歳のときだから。

関川　そして、七十歳を過ぎて『寄生獣』ですか。

鶴見　そうそう。

関川　久々の読書体験ですか。

鶴見　そうです。二冊だけ（笑）。私にとっては二冊の本です（笑）。

均一化を避けるということ

鶴見　関川さん、もうひとつ。『家はあれども帰るを得ず』というのね、三十四ページ、「むしろ内心は女性の知恵に知識をもって対抗して、さわやかに敗北したいのである」。これ、名言だねぇ、その志は（笑）。これはいいです。

関川　敗北主義の屁理屈ですよ。
鶴見　人間の理想ですよ。
関川　先生ご自身が、いまそうだから……。
鶴見　（笑）。
関川　それで楽になったから。
鶴見　楽になっている、そうそう。この一言、これも大した知恵ですね。これはいいですよ。
関川　もうそのへんでどうでしょう、私のことは……。
鶴見　藤沢周平の作品にふれているところがありますね。『又蔵の火』に注目している。
関川　藤沢周平が多くの日本人に読まれるなら、日本人にも期待できるんじゃないですか。変わらない何ものかがちゃんとあるのではないですか。
鶴見　そこがいいんです。それを考えて、二百年のうねりの中にいまをおけば、意外に日本人の大衆はいい線を行っているかもしれませんよ。国の内側にはコンビニでのちょっとした眼差しの交歓がある。そして外側には、もはや貧乏人と軽蔑もできないアジアの民が舷舷相摩《げんげんあいま》す仕方で日本人の、思い上がった日本人の肘を押さえる働きをする。このふたつがあれば、われわれは一八五三年の黒船とは違った状況を待つことができるかもしれない。

関川 でも、時間はかかりますね。加藤典洋が五十年かかったのと同じように。ところで鶴見さんは、いま「コンビニで眼差しを交わす」と話されました。それは、わたしには理解できないのですよ。どういうニュアンスなんですか。

鶴見 関川さんがおっしゃったようにね、藤沢周平を読む文化というのは、いまの日本に確かにあるんです。恥じらいがあって、演説的にあんまり長くしゃべるのがいやになってくる。だから、「うん、これください」というふうに、ひょっとこう……向こうがお金を払うと品物を渡してくれる。これだけで、人間的なふれあいがあると思う人もいるんです。それで、地域共同体が成り立っている。

関川 鶴見さんのいわれる気配ですかね。……とにかく、ゆっくり待つということですか。

鶴見 そうです。それに均質化を避けるということ。そのことがいまの目標ですね、わたしの。それは力になるかといえば、「力とは何だ」、になるでしょう。だが、自分が安心感を持って何事かができる。それが力だとわたしは思う。例えば、わたしは、気功をやっていますが、それは長寿を願っているからではないのです。安楽死の補助術になると思うから。

関川　え？　安楽死の補助術、ですか？

鶴見　いままで気功系統のことをやった人は、みんな早く死んでいる。大正時代での岡田虎二郎（岡田式静坐法を創始。一八七二〜一九二〇）もそう。早くポコッと死んじゃった。それから戦後でいえば、近衛（文麿）さんの娘と駆け落ちした野口晴哉《はるちか》（整体操法。一九一一〜七六）もそう。それから関西気功協会の会長をやっていた藤岡喜愛《よしなる》（一九二四〜九一）。聞くところでは、みんな終わりは……。

関川　ぽっくりと？

鶴見　穏やかなんです。その伝説的な気功のはじまりに、張良という人がいたんだけれども、その張良をわたしは実に尊敬していますね。秦の始皇帝に自分の王朝を滅ぼされたので、力の強い高力士というプロレスラーみたいな家来を一人だけ連れ、秦の始皇帝を博狼沙《はくろうさ》で迎え撃つ。そのときに、初めから約束しているんです。失敗したら、二人ばらばらの方向に逃げよう。その後は、お互い会うまい、とね。そして、パーンとやって失敗してばらばらになり、生涯相会うことなし。その後、張良はじっと身を潜めていて、そのうちに漢の高祖が旗揚げする。そこにいって、幕僚長として戦って、ついに秦を滅ぼし天下を平定するんだね。漢の高祖は、張良に

「お前、何が欲しいか」と。三傑の一人の韓信には大国を与える。だが、張良は、「それはいい」といって、小さい領地だけをもらうんだ。漢の高祖が非常に嫉妬深いことを知っているからね。結局、韓信は殺されちゃうでしょう。張良はえらい。その張良なんだけど、今度は一所懸命気功に励んで、やり過ぎて死んじゃうの。いいでしょう。

関川　（笑）。

鶴見　これがいい人生だと思う。張良は、頂点に上がっても選択肢が狭まらなかった。こういう人はあり得る。ジョージ・ワシントンと張良だね。

関川　鶴見さんも、あんまり気功、やり過ぎないで下さいよ。まだまだ必要とされていますから。

鶴見　（笑）。やり過ぎることがいいことなんですよ。

第二章　日本の退廃を止めるもの

変わらない日本人の心

「一番病」

鶴見　「日本で変わらないもの」ということから、始めたいですね。考えてきたんですが、やはり「一番病」だと思う。

一番、一番、とにかく一番で東大に。……これだね。前の時にも話したと思うけど（苦笑）。明治以降、変わらないでしょう。わたしは小さいときから、一番ということに偏見を持っているんですね。一番になる人には独創性のある人はいないでしょう（笑）。桑原武夫は、「僕は二番にはなったことがあるけど、一番になったことはないなぁ」というんですよ。本当かどうかわからないね。それから、加藤周一（作家・評論家。一九一九～二〇〇八）さん、「僕は二番にはなったことはあるけど、一番にはなったことがない」。これも疑わしいんだ（笑）。

関川　加藤周一さんはとても疑わしいですね（笑）。

鶴見　疑わしいでしょう。でも、その発言はもっともなことがあるんですよね。加藤さん、中学で柔道というのは正課だったんですね。「なぜ、あんな取っ組み合いをやるのか。その精神がわからない」というわけ。それで赤点を取っているんだね。そうすると高等学校の入学試験が、受けられなくなる。「高校に入れないので恐怖した」といっていたね。だから、試験の採点に柔道が入ると、わからないでもないね……。

関川 そうか。柔道は教練みたいなものですか。

鶴見 谷川雁《がん》（詩人・思想家。一九二三〜九五）は、よくわたしの家に来て、いつも威張っていたんだ。「谷川さん、一番だったろうね」というと、そのときはちょっと横を向いて顔を赤くしてね、「へ、田舎の学校だったからね」というんだ（笑）。彼が亡くなったあとに出た自伝みたいな本（『北がなければ日本は三角』）を見ると、一番で級長でしょう。だけど、彼は少なくとも恥じる心はあった。

関川 でも、たいていの人は鶴見さんの前では恥じますよ。別の場所では恥じていない。使い分ける（笑）。鶴見良行さんも一族ですか。

鶴見 そうです。

関川 やはり、たいへんな名門ですね。

鶴見 一番病にかかっている人が多いんだ（笑）。東大に入れるか入れないかで、まず見る。で、一番かどうか、とね。それから、お役所に入って、高等官一等まで行けるかどうか。審議官まで行ければもっといい。それで測っちゃう。だから、この一族は、わたしを困り者だと……。

関川　そういう文化にあって、鶴見さんのお父さんの祐輔さんが小説をお書きになったというのは不思議ですね。

鶴見　不思議だね。一番病そのものから小説は出て来ない。

関川　ええ。なにかしらの遺伝があるんじゃないでしょうかね。

鶴見　親父の親父は放蕩者だった。うちを潰すだけじゃなく、バッと出ちゃった。

関川　岡山の？

鶴見　そうそう。親父の親父は一番病じゃない。

関川　お姉さんの和子（社会学者。一九一八〜二〇〇六）さんは、やっぱり一番だったんですか。

鶴見　ずっと一番。最後に博士を取るときも一番。一番病ってどうしようもない。

関川　『山びこ学校』（無着成恭著）という本が七年くらい前に（一九九五）岩波文庫に入りました。そこに鶴見和子さんが新たな解説をお書きになっているんですが、それを学生に読ませたことがあります。和子さんは、「いまの現代では偏差値教育に問題がある。だからいじめがはびこるんだ」みたいなことを書いておられて、そのまま論の運びに学生たちは非常に疑義があるというんです。そのひとりは、そのまんま東（東国原英夫。一九五七〜）なんですけど（笑）。

鶴見 無着成恭《むちゃくせいきょう》（教育者。一九二七〜）というのは一番病じゃないでしょう。

関川 無着成恭は違います。問題は解説です。東国原英夫君は、「その後、鶴見和子先生がご病気になられて、回復されたあとでは短歌やさまざまなことをやられるようになり、ご本人もちょっと世の中の見方が変わったというふうに書いておられる。だから、その病後の解説が読みたかった」といったんです。

鶴見 それは非常に鋭い。脳出血で倒れた後、意識はあったけれども、頭の構造が変わっちゃってね、それに接続して短歌が出始めた。そのときからは一番病じゃないんだ。

関川 東国原君は「たけし軍団」の兄貴分だったんですが、ちょっと不良行為をして一時芸能界を首になり、それで早稲田に入った学生です。

鶴見 彼女への批評として、核心をとらえていて鋭い。それまで、ずっと一番病から免れられなかった。一番病というのは、結局、自分が先生の模倣になるわけ。

関川 一番病は先生の模倣になる……。

鶴見　一番病というのはそういうものです。「ハイハイ」と手を最初に挙げるでしょう。あれが問題なんだ。
関川　ご病気になられてから、短歌表現がおもしろいなと思われたんでしょうね。
鶴見　短歌もはじめは一番病だったと思う。佐佐木信綱（歌人。一八七二〜一九六三）の門下なんです。
関川　「心の花」の大先生ですね。すごいな。最初から一流だ。
鶴見　十八、十九、二十歳と、信綱先生に朱を入れてもらっていたんです。ところが、脳出血のあとに出た歌というのは、まったくシュールでね、変わったんだ。そこから段々に……整ってくる。彼女が脳出血のあとに書いたものは、一番病から離脱していると思うね。ときどき頭の調子が良くなると、話していて一番病に戻る（笑）。すごくばかばかしいんだけどね（笑）。
関川　和子さんには、お父様の血が伏流しておられたんでしょうか。
鶴見　親父は、わたしにとても困っていた。それで、『エンサイクロペディア・ブリタニカ』で「隔世遺伝」というところを引いたんだ。というのも、自分の親父は放蕩者で家を捨て、つまり両親も家も士族身分も金で売って逃げた。そして、大阪の同心の娘とかけおちしたんです。そういう祖父を、わたしはとてもおもしろい人だと思う。大阪から北海道、名古屋、上海、小田原と移り歩いて、亡くなるときは百円の金に困っていたという。でも、当時、一族にとって、そして親父にとっては、たいへんな屈辱だったね。それに、自分の細君の親父（後藤新平）というのは男女関係が複雑でね。それはたいへんな人なんだ。だから、この両方からの血がわたしに合流して、バカッと出たんじゃないかと（笑）。……わたしのことで親父は、頭が白くなったんだ。

関川　祖父の因果が孫に報いましたか。

鶴見　両方から来た。

関川　両方から来て、二重に濃厚になったんでしょうか。

鶴見　そうそう。だから親父は踏んだり蹴ったりだったろうね。今日に至るまでそんな息子に軽蔑されているんだからかわいそうだ（笑）。

劣等生を重んじる態度

関川　昭和一〇年頃というのは、鶴見さんのような不良少年は多くはなかったんですか。

鶴見　いたと思う。だけど、わたしは群れをなすタイプじゃないんだ、短気だから。

いつも自分の首をかけていたわけ。

関川　わたしには、戦前という時代は、戦後教育でいわれるような、そんなにひどい、暗い時代ではなかったであろうと考えてます。吉野源三郎（ジャーナリスト。一八九九〜一九八一）の『君たちはどう生きるか』を読むと、その頃の、あれは昭和十一、二年ですけれど、東京の町と人の折り目正しい美しさというのが感じられます。わたしが田舎の子だからでしょうが、「やっぱり東京の高等師範付属中学の子は羨ましいなぁ。いい感じだが生意気だな」と思いました。

鶴見　生意気なことはたしかだ。あの生意気さは本当によくないね。

関川　あの生意気はリアリズムでしたか。

鶴見　吉野源三郎は同じ小学校なんだ……。

関川　わたしは『君たちはどう生きるか』を、小さい頃に読まされたんですが、そのときはかなり反発しましたね。近年になってから読み直して、「鶴見先生もこの学校の、こういう子のなかの一人だったんだろうな」と感慨を持ちました。

鶴見　彼は迫真的なんです。吉野源三郎は東大卒業後、陸軍に行ったでしょう。そこのあと捕まっちゃう。陸軍の刑務所に入れられてようやく出てきたんだが、逮捕されていたから仕事がなくてね。その吉野を山本有三（小説家。一八八七〜一九七四）

が拾ってくれた。わたしが読んだとき、あの本は山本有三の名で出ていた。自分の名前で吉野に一冊書き下ろしの本を書かせたんだ。吉野の『君たちはどう生きるか』。この本は、子どもに対して調子を落として書いたものではないでしょう。すごい本なんです。子どものための倫理書でもあるが、弾力性のある思索を示すものだと、わたしは思っています。

関川　そうですね。丸山眞男が解説で書いているとおりだと思います。印象的だったのは、東京の一一月の雨の描写から始まることです。戦前の東京は、いまよりはるかに雨と霧が多かったようですね。

鶴見　そういえばそうだった。

関川　冒頭のその辺りを読んでいると、「ああ、いい時代だったんだな」と暗いはずの戦前、見も知らない時代を、懐かしく感じます。

鶴見　小学校の同級生の永井道雄は、「君をとにかく六年おいてくれたんだったら、感謝しなきゃいけない」というんだよ(笑)。わたしが、とにかく六年学校に行ったのは、この高師付属小学校だけなんだ。

関川　『山びこ学校』といえば、つづり方運動なんですが、吉野源三郎は、その主唱者の一人だったわけでしょう。

鶴見　もとは芦田恵之助《えのすけ》（国語教育者。一八七三〜一九五一）です。
関川　そうでしたね。
鶴見　高等小学校を四十人中、三十七番で学校を卒業して、十六歳のときから小学校で代用教師として教えるんだ。そういう人が教育者をやっていくといいんですよ。わたしは、この芦田恵之助がとても好きでね。彼の教育の哲学は、優劣なしということなんだ。子どもを一点から五点で評価する、それでことは終わったということは断じてありえない、という。劣等生を重んじるという考えが、芦田恵之助の活力だったと、わたしは思っている。
関川　彼は、師範学校の出身者でしたか。
鶴見　そうです。
関川　そういう流れの中に無着成恭がいるわけですね。
鶴見　無着成恭は独自の出発なんです。禅宗でね。
関川　無着成恭は、山形師範卒業ですね。あの人のセンスは、たぶん、幼い頃のわたしとちょっと似ていたと思うんですよ。『君たちはどう生きるか』の書き起こし、主人公のコペル君が銀座の松屋デパートの屋上だと思いますが、そこから見下ろして、人の流れや車の流れや配達する小僧さんを見るんですね。俯瞰《ふかん》するわけです。

しかし、山形にもわたしの生まれた長岡にも当時はビルなんかない（笑）。それは、すごい不快なんですよ。田舎の子には俯瞰ができない。

鶴見　俯瞰する視座というのは、司馬遼太郎と同じです。そこには、何かが隠れていて、こう動いていくと……。吉野さんは、刑務所で痛い目にあったあとに、『君たちはどう生きるか』を書いているんだからね、すごいね。

関川　陸軍刑務所を出ても仕事がないんですね。なんにもないところで、山本有三が、自分の名前で書けといった。

鶴見　わたしは、ずーっと、山本有三が著者だと思っていたんですよ。

関川　そうなんですか。

鶴見　本当です。吉野源三郎に会うまではそう思っていた。山本有三は『女の一生』から『生きとし生けるもの』、それから『路傍の石』でしょう。だから、書いたのは山本有三だと思っていた。これだけの哲学書を書く人なのか、と。

関川　吉野源三郎の著書だということで一般に知られて、もう一回売り出されたのは、戦後の昭和……。

鶴見　二十五、六年。

関川　そうすると、無着先生は、『山びこ学校』の頃は『君たちはどう生きるか』を読んでいなかったと思うんです。

鶴見　無着成恭はね、……子どもには子どもの生活があるでしょう。重い荷を背負って、山道を歩いて行く。子どもたちのそんな生活に教えられるんだ。子どものほうが、無着さんより過酷な生活をしているからね。同じ状況のなかで生きているけれども、子どものほうが過酷なんだ、と考える。状況から受け取るものというのは……雪が降っていて……。

関川　「雪がコンコンと降る／人間は／その下で暮らしているのです」という、たった三行の詩で参加している生徒もいる。全員参加なんですね。

鶴見　その「雪がコンコン……」を、本の頭に置くというのが、無着さんの器量なんですよ。無着さんが暮らしの状況そのものを教え込んでいるんじゃないんですよ、子どもたちの暮らしを見つめ、その態度に働きかけていくんだ。子どもたちの両親をも含んでね。

関川　その詩の次の原稿が、江口江一君という子の、要するに農業経営の話なんですね。「僕の家は貧乏です」から始まる。両親が亡くなっちゃったから、中学生が農業経営者たらざるを得ない。いろいろと考えて計算してみると、自分の家の経営はどうやっても成り立たないという結論に達する。結局、これはいわゆる心温まる話ではなく、破綻の残酷なレポートなんですね。

学生に聞いてみたんですよ。彼の家の経営はどうやったらうまくいくだろうか、と。誰もいいアイディアがないんです。結局は、「泥棒する」だの、「悪いことをする」だの。最近の学生は消極的なことをいいますね。結論としては、「時が来るのを待つ。必ず農産物の価格が上がるから、なんとかなるだろう」と。

鶴見 厚生省の記録だ（笑）。

「残像を保ち続ける」

関川 もうひとつおもしろいのは、無着成恭がいた山形師範の一年下に藤沢周平がいたんですね。二人は同い歳なんだけども。

鶴見 そうそう。ほとんど言葉を交わしていない。でも、状況は同じでしょう。

関川 『君たちはどう生きるか』とかけ離れた環境なんだけど、どこか考え方には呼応するところがある。卒業した藤沢さんは、無着さんと違って海に近い庄内地方の新制中学に赴任したんだけれども、二年くらい勤めたところで肺結核と診断され、やがて東京の清瀬の療養所に入る。だから『山びこ学校』的実践はしていないけれども、気持ちは同じだったんだと思いますね。

鶴見　状況の同一性というか。でも、同じ状況ではあるけれども、無着さんは人間が初めから愉快で陽性でしょう。藤沢周平の出発点は暗い……。

関川　暗いです。

鶴見　暗いものだけをずっと書いていって、このまま書いていったらどうなるのかと思わせるようなところがあるでしょう。なかでも『又蔵の火』はすごい。

自分が相手を殺す意味を全然理解しないままひたすら、兄を殺した相手を殺す。……最後のシーンの殺し合いも、お互いが血だらけになりながら、二人で助け合うように寄り添って歩いて行くでしょう。殺すだけの余分なエネルギーはもうなくなって、助け合いながら歩いている。相手を殺すことが、「又蔵の火」なんだ。

関川　一応、果たし合いなんですけど、逆恨みですね。

鶴見　この『又蔵の火』は、考えてみるとむちゃくちゃな作品なんだ。わけがわからないままに、自分の兄貴を殺したやつを殺しに行く。しかも相手は相当腕の立つやつ。……最後にお互いのエネルギーも果てて、お互いに助け合いながら歩いていくんだから凄まじいでしょう。

関川　腕が立つ上に常識人です。その立派な常識人を「狂」の青年が修羅にひきずりこむ。『又蔵の火』の主人公は、藤沢周平作品のなかでも飛び抜けて暗いんですね。

思い詰めていて、ほかのことがいっさい視野に入らない。

鶴見　すごいと思うね。ああいう暗い作品を次々に書いてきて、今度は、いつでも暗い状況のなかで明るい灯火が見える、という作品を書き出すでしょう。

関川　藤沢周平の初期七年間は、暗い作風のときですね。『又蔵の火』は、その時期の傑作です。デビューしたとき、文藝春秋の編集者は、「この人は非常にうまいが暗いから、売れない。地味な作家として生きていくだろう」と踏んだそうです。ところが七年目に『用心棒日月抄』という作品を書いて、突然、転換したんです。老練な編集者たちがいうんですけど、自分たちの長い経験から、「そういう作風の転換はあり得ないことだ」と。

鶴見　化けたんですよね。

関川　あるいは七年間で暗さを吐き出して、払底させた。

鶴見　……暗さを味わい尽くすというか、結核の療養でまいるし、次に最初の細君が死んでまいる。

関川　最初の奥さんは、教え子だった人なんですね。彼女が、療養中の藤沢さんのお見舞いに来て、親しくなったということらしいんですけど。東京の勤めをやめて故郷の庄内に帰ったその人と病み上がりの藤沢周平は結婚する。娘さんが生まれた直後、突然、不治の病を宣告されて二十八歳で亡くなります。

鶴見　わたしは数ある藤沢周平の作品のなかで、やっぱり、これが一番好きです、『玄鳥《げんちょう》』。読んでみて、びっくりした。こういう作家がいたのかと思った。やっぱり、うまさがね。

……婿を迎え、その婿が家を継いでいる。だけど、妻とこの主は、ことごとに調子が悪い。門の軒下につばめが巣を作るんだ。妻は、「どうしましょうか」とたずねると、主は「巣はこわせ」という。妻には妹が一人いて、二人にとって、つばめの巣は幼いころの大切な思いがあるんだ。つばめが好きでね。だけど、妻と主は感性が違う。巣を、捨てようということになったところに、ニュースが入ってくる。

家は、自分の父親が剣道の師範となったときに建てたもの。その父の最後の弟子が上意討ちに失敗した。そこで藩から討手をかけられて殺されることになった。その知らせが、妻の耳に入る。そのときに、妻のなかに動くものがあるんだ。

主とは違う自分がいる。亡くなった父は、この最後の弟子が粗忽者だからといって秘伝を全部教えなかった。秘伝の四分の一を残して死んだ。だけど、父親が死ぬとき、その四分の一を娘に口授していたんだ。娘、つまり妻は、その父の言い伝えの記憶をちゃんと持っていて、粗忽者である最後の弟子を訪ねて行って、残りを自分が口伝しようと思うわけ。召使を連れて彼の家を訪ねて行く。

弟子の名前は兵六というんだけど、兵六は、確かに粗忽者なんだけど、ちゃんと聞くんだ。妻が最後の四分の一を伝える。兵六が刀を持ち庭に降りるのを見届けて、妻は家に帰るんだ。兵六と二度と会うことはないという決意を秘めてね。それで終わり。なんともいえず、すごい作品でしょう。

関川　藤沢作品にはときどき恐るべき女性があらわれます。

鶴見　玄鳥というのはつばめのことなんだけど、封建時代とはいってもかっちり固まっていない。動くものがあり、その動くものに形を与えることはできるんだね。それは、イプセンのノラみたいに家を出てしまうとか、夫の命令に背き通すのとは、ちょっと違う。封建時代の形のなかでも、自分の中で動くものにしたがっていく。『玄鳥』の妻はまさにそう。これはびっくりしたね。『玄鳥』を読んで以来、藤沢周平の世界に引き入れられて、ほぼ全部、読んだと思う。

結局、彼はどういう作家かということなんだけど、残像のある人でしょう。自分の暮らしの中に残像を保ち続けて、その上に何かを築こうとする。しかも、男だけに残像があるという考えから放されている。これがおもしろい。

妻は、ミチという、道路の路という字でね。自分の中の残像の積み重ねで動いてゆく。子どものときから粗忽者の弟子がいてね。粗忽者であるということで、路の妹は、お嫁さんになりたいと、口にしていた。路もまた、「自分も、こういう、ひょうきんな人のお嫁さんになりたい。そういう暮らしをしたい」と思っていた。理想はそうだけど、堅苦しい、型にはまった、金勘定の非常にきちんとしている男の妻になっちゃった。

関川　高級官僚みたいなタイプの男でしたね。

鶴見　子どものとき、ひょうきんな粗忽者の失敗を見ていて楽しかったという残像の上に、自分の未来を作るでしょう。男に残像があって、女には残像が、という男女の区分から自由なんだ。これが藤沢作品のおもしろいところだと思うね。残像の文学というのは、剣客の歴史としては珍しい。

細やかな世界の大切さ

鶴見　俳句も残像の文学でしょう。彼の小説に出てくる「海坂藩《うなさか》」というのは、もともと「海坂」という俳句の雑誌に投稿したことから作った架空の藩でしょう。

関川　療養所時代に参加していた句誌のようです。「海坂」は水平線上に見える、あるかなきかの雄大な弧。

鶴見　いま、日本人は、一億人を超えている。これでは、あまり細やかな世界は成り立たないでしょう。五千万くらいになったら明治よりちょっと前に返るからいいんじゃないかと、わたしは思っている。

関川　細やかな世界、ですか。

鶴見　俳句というのは、細やかな世界が成り立つでしょう。だから、藤沢周平は、細やかな世界に入って行った。俳句集を一冊分作っています（『藤沢周平句集』）。俳句はおもしろいものだと思った。彼の暗闇というのは、なかなかおもしろい。わたしが好きな彼の作品はこれなんだ。

「汝が去るは　正しと言ひて　地に咳くも」

肺をやられてしまい、君が俺を捨てていくのは正しいと、背中を折って咳をしている……。わたしはこれに賛成する。すごい。この心境というのは、藤沢周平にしばしば現われる。相手が正しいんだ、と。

もうひとつ、わたしが好きなのは、ほかの人はあまり挙げないんだけれども、『秘太刀馬の骨』。

関川　誰もが一度はあっけにとられるタイトルです（笑）。

鶴見　「馬の骨」という秘太刀が、果たしてあるのかないのか。疑惑に包まれている秘太刀が最後に現れる。そこで話が終わるのかというと、終わらない。それを見極める役を、主人公の細君がはたすんだ。長編でね、長い長い長丁場でね。細君は鬱病なんだ。夫婦の間の長男が早く死んで、その責任を感じて、鬱病になったんだ。細君の毎日は暗い。

それが最後にお供を連れて墓参りに行く途中、旅籠《はたご》の前で、黒山のように人が集まっているので何かなと思い見ると、一歳と少々の男の子が、浪人に頭を押さえつけられて、それをネタに浪人が旅籠屋を脅している。「十両や二十両では済まない、もっとたくさん金を出せ。役人を連れてきたらこの子を殺すぞ」とわめいている。それを、この主人公の細君がじーっと見ていると、男の子もいつのまにか泣くのをやめて、細君のほうをじっと見る。彼女も見る。細君はお供に木刀を持って来させる。細君はその木刀を手にして、まっすぐ浪人者に向かって行く。細君は短い気合いとともに、木刀で浪人者の肩をバーンと打つでしょ。浪人者はびっくりして、子どもの手を離す。そして、刀を抜いて向かってくるんだけど、細君はあいての籠手《こて》を打つんだ。浪人は一目散に逃げる。

これがきっかけで細君の鬱病が治る（笑）。長編の最後の最後だ。秘太刀馬の骨を見極めた亭主が、お城から下がってくるのを門前で待っていた妻のお供が、「奥様のご病気は治りました」と知らせる。おもしろいね。そういう、鬱病持ちの……極めて納得のいく、納得できる終わりなんだ（笑）。

関川　あれは病気の経験者が納得出来る終わりかたなんですか。

鶴見　お供の話ではね、「あのときに奥様は、その男の子が、自分が亡くした子どもと同じように見られたんでしょう。子どもを助けるということで、今までの鬱がなくなってきた」という。やっぱりこれはおもしろい（笑）。

残像の文学として俳句に打ち込む。そして、残像の現わし方が前半戦では暗い一方、後半戦では暗いなかに灯火がひとつある。『玄鳥』にしてもね、子どものときから好きだった父親の弟子と一緒になってめでたしめでたしと、そんな話じゃない。その先は断ち切っているから、どうなるかわからない。だが、人生にはそういう明るい灯火がともるときがある。それだけなんだ。

関川　残像の文学とはそういうことですか。よく分かりました。

ところでその二つとも、藤沢さんの晩年に近いころの作品ですね。藤沢さんはすでに六十代ですけれども、なにか全部明るくはなくて、昔の暗さというのを、いわば上手に取り込んでいて、それがまた作品の深度を保証していると思います。五十代で明るい作品しか書かなかったのは、四十代ではほとんど全部暗い作品であったのと対照的です。それが融合されて、いま鶴見さんがおっしゃったような作品になってきたということは、わたしなんかには励みですね。六十代になっても希望がある（笑）。

鶴見 それは結構ですね（笑）。

道は一つではない

鶴見 藤沢さんの、人生には明るい灯がともるときがあるというのは、日本の近代百四十年ほどの中で、前に一度あったものでしょう。明治以後、はじめは東京、横浜、神戸だけだけど、西洋の習慣が一気に入ってきた。物もね。最初はとまどうけど、それらを使いこなせるようになり、今度は追いつけ追い越せでずっと進んで行くでしょう。しかし、それに取り残された人たちには江戸時代そのものが続いている。江戸時代というのは、フランス、イギリスと肩を並べても、それをしのぐほどの読み書きそろばんの能力を持っていた。それが明治の初めの時代を生み出す力になったんだけど、終いには西洋文物の消化だけに明け暮れ、日露戦争の終わった一九〇五（明治三八）年には、江戸のよさがすっかりなくなってしまった。

それに対して反動が起こる。風俗として千里眼が流行したり、文学・思想では、辻潤（翻訳家・評論家。一八八四〜一九四四）や柳宗悦のような人が、江戸時代の面白さのほうに顔を向けたりしていく。……読み物でいえば、中里介山の『大菩薩峠』。それから白井喬二（一八八九〜一九八〇）の『富士に立つ影』、岡本綺堂（一八七二〜一九三九）の『半七捕物帳』、大佛次郎（一八九七〜一九七三）の『鞍馬天狗』。これらの作品は、一種の反動ですね。明治三八年から大正時代にこの流れが出てくる。

関川　X線の発見という知識が千里眼ブームにつながる。一方で、文学は江戸期のおもしろさに目を向けていく。

鶴見　そうそう。たいへんに優れた批評家だった長谷川如是閑（評論家。一八七五〜一九六九）が、江戸時代の材木商の家に生まれて、江戸時代を高く評価していながら、この現象をつかまえるのに失敗して、「政治的反動と芸術の逆転」という文章を一九二六年に書くんですけど、明らかに間違いなんですよ。そのあとにひどい時代が来るんですから。辻潤は大正時代にあれほどの名声をもったけど、あの軍国時代に餓死している。普通できることじゃない。白樺派のなかでは、柳宗悦と里見弴（小説家。一八八八〜一九八三）だけが、軍国主義に同調しなかった。きちんと書き続けた。中里介山は、戦時中、日本文学報国会への加入を拒絶している。

関川　逆に、わがままを旨とする作家が、よくそろって文学報国会に加入したと思います。

鶴見　大佛次郎は、晩年、新聞小説で『乞食大将』を書いた。これは明らかに石原莞爾を理想化したもので、東条（英機。陸軍大将。一八八四～一九四八）のような官僚的な軍人を低く見るために書いたようなものです。白井喬二は、この時期、ほとんど何も書いていないんですが、戦後に『富士に立つ影』を書き始めた。

関川　大佛次郎の『乞食大将』が石原莞爾讃歌だったとは知りませんでした。これは読まなくては。『富士に立つ影』の白井喬二に、鶴見さんは書評を頼んだことがあるんですって？　『大菩薩峠』の書評ですか。

鶴見　いや、『大菩薩峠』じゃなくて、埴谷雄高の『死霊』なんですよ。わたしは『富士に立つ影』と『死霊』とは、通じるところがあると思った。

関川　え？　意外ですね。

鶴見　白井喬二は、ずいぶん丁重な手紙をくれて、「書く」といった。でも、ついに書かなかった。「これは、わたしの宿題とします」というのが最後の手紙だった。埴谷雄高は、『富士に立つ影』を読んでいて、ものすごく感心していた。『富士に立つ影』は三代にわたる家族の物語で、悪人の息子が底ぬけに善人なんだ。その善人の子がかならずしも善人でなくてね。善玉、悪玉入り乱れて戦う。血による格付け、家柄による格付けに対する根本的なうたがいがあるんです。軍国主義が大きくなっても、白井はひっくり返らなかった。だから、二人に通じるところがあるんですよ。むしろ、純文芸の横光利一（一八九八〜一九四七）のような人のほうがひっくり返っちゃうんだよね。

関川　横光利一は真面目すぎました。ユーモアが全然なかった。吉川英治（一八九二〜一九六二）はどうですか。

鶴見　吉川英治の評価は微妙ですね。竹内好の評価によると、「吉川英治はファシズムに屈したのではなくて、吉川英治がファシズムを作った」。そういう評価。大正時代に、時代に対して反動で入った人間は、今度は軍国主義時代だといっても、そちらの側にひっくり返らない。今度のバブル崩壊のあと、それに呼応して出てきた江戸末期ブームというのか武家ものブームというのもおもしろい。池波正太郎（一九二三〜一九九〇）は小学校卒業、山田風太郎（一九二二〜二〇〇一）は、むちゃくちゃでしょう（笑）、医学生だったんだから。藤沢周平は、流行で右左に行く人じゃない。やっぱり二枚腰、腰がすわっていて強い。現在でも、いくつもパラレルな道がある。これが一つの道だと自分を追い込んでも、そうじゃないということが、十八、九歳の山田風太郎はわかっていたでしょう。戦時下の彼の日記のなかにも、その痕跡がある。山田風太郎の明治ものや忍者ものといったとんでもない世界が、戦中日記と戦争直後の戦後日記の中にちゃんとある(『戦中派不戦日記』、『戦中派虫けら日記』)。論壇や政府が、「この道が一つの道だ。これを行け」といったときに、山田風太郎は全然そう思わない。山田風太郎には別の精神がある。わたしは、池波正太郎もそうだと思う。小学校出てから株屋だったでしょう。

関川 腕はよかったようです。

鶴見 わりあいお金はあったんだ。

関川 粋なお兄さんだったらしいですよ、ケンカっ早くて、金離れのいい。

鶴見 とてもモダンだったでしょう。いくつもの可能性がある社会という考え方が、戦中にも戦後にもある。その思いが、江戸の剣客ものや仕掛人という面白い小説を書かせていく。山田風太郎にしても、池波正太郎にしても、「もはや世界はアメリカだと決まった」と思わない。そういう人間がいた、ここだね。

関川 いまでもいるべきですね。なかなかいないんですけど。

さっきの『玄鳥』の女主人公の名前は、路でした。滝沢馬琴『八犬伝』の最後の部分の口述筆記を、最初はひらがなしか書けなかったのについにやり通したという、あのお路の反映があるかもしれません。

鶴見　そうそう。山田風太郎が描いた曲亭馬琴の評伝的小説、『八犬伝』は素晴らしい作品です。馬琴は、自分の孫のために、一生懸命に金を稼がなきゃいけないから路に口述する。

関川　もう目が見えない。

鶴見　馬琴の細君は、その路にものすごく嫉妬している。死ぬときに「ちくしょう」というんだね。そういう暗い、ひとつ舞台のなかから浮き上がってくるのが、馬琴と路の関係だ。口述する路が「捕手」で、全力投球する馬琴がいる。

関川　息子は死んでいる。その息子の嫁なんですね。馬琴は根性が悪くてケチだ。しかし物語の想像力はすごい。その終幕を息子の嫁に書かせ、馬琴の『八犬伝』は完成する。その路自身が、自分がやりますと申し出たという話なんだけど、藤沢さんはたぶん、頼りがいのある女の名前としてその名前を使ったんじゃないかと、わたしは思うんですけど。

鶴見　それはすごい。そうかもしれないね。山田風太郎の傑作です。朝日新聞の連載でした。

関川　でももう、新聞の連載小説を毎日読む人はいなくなっちゃったでしょう。

鶴見　いま、日本の知識人は、もうアメリカの腕の中にいる。アメリカに行くと、アメリカの知識人にとっては、日本の知識人というのは具合のいい存在なんです。自分たちの出した仮説を一生懸命に学習して、それを日本ではこうだと応用してくれるから。日本人はとても優遇され、客員教授にしてくれたりする。そして、その人は箔がついたと喜んで日本に帰ってくると、地位も安定する。官僚の世界と同じ。

関川　形を変えた「一番病」ですかね。

鶴見　そうそう。アメリカの知識人の器の中にいて、その外にいる日本の知識人は少ない。困ったことに、そのことで自分は知識人だと思っている。そして、視線を下にして、「日本の大衆は……」なんていっている。その「日本の大衆」のなかに、山田風太郎がいて、池波正太郎がいて、藤沢周平がいて、紙芝居の加太《かた》こうじ（一九一八〜九八）がいた。

加太こうじが、戦時下に何をやったかというと、弟が牢屋に入ったので今度は自分が危ない、自分のところに特高が来るに違いない。そう思った加太さんなんだが、そこで、「マルクス、ロシア人、マルクス、ロシア人」と練習するんだ。ついに特高が来た。「お前、マルクスの本なんか持っていないか」と言う。加太さんは、パッと間髪を入れず「マルクス？　あの赤のロシア人ですか」。これ、いいでしょう。「バカいうな、お前。マルクスはロシア人じゃない、ドイツ人だよ」。「へえ？　赤といったらロシアでしょう」。これで特高はすっかり匙を投げるんだ。特高になる人って、当時でいえば中学校以上です。特高のほうがインテリだからね。加太こうじは小学校卒業。そういう加太さんを知識人は見放しちゃう。「マルクス？　ロシア人」。これこそまことの知識人であって、問題はここだ。

関川　よほど賢くないとできない（笑）。

鶴見　こういうことができる知恵を持っている人間が、一億人のなかにいる。それは、「東大で一番だ」という問題じゃない。「東大で一番」なんていうのは、人間が途中ですり減っている。成績をよくすることだけに集中しちゃっているからでしょう。

関川　大衆小説の流れは、官立からは出て来なかったですね。大佛次郎は例外ですけど、少なくとも旧制高校出身者からは出ない。専門学校ならいるんです。司馬遼太郎、山田風太郎もそうです。

鶴見　それに近い線をいっている五木寛之（一九三二〜）、野坂昭如（一九三〇〜二〇一五）、井上ひさしもね。この三人はすばらしい。

関川　早稲田（大学）も上智（大学）も、そういう意味では専門学校です。

鶴見　白井喬二は日大でしょう。わたしなんか、もう小学校でクビになったからそこまで行けなかった（笑）。

関川　文学者の資格十分ですね。

鶴見　ハーバードのなかで、「君は、どうして小学校しか卒業していないんですか」と聞かれたことは、一度もない。

関川　すごいなぁ。それは、アメリカのすごいところですね。アメリカも捨てたもんじゃないじゃないですか。

明治以前の「日本型近代」

鶴見　俳句は男の文学だとか、残像は男のものだなんていえない。残像の上に培って、何を育てていくかというと、それは女性の力でもあるんです。女性の思想でもある。藤沢周平が、そういう感覚を育てたというのは偉いと思う。だから、長編の『秘太刀馬の骨』にしたって、結末はもうついているんだけど、そこに、もうひとつ余分がある。

関川　鶴見さん、『たそがれ清兵衛』という映画を観たと伺いましたが。

鶴見　観ました。感心した。

関川　観客の年齢が高いのには驚きました。鶴見さんが観に行かれたというので、わたしも「これは行かねば」と(笑)。雰囲気が、わたしの知っていた映画館じゃない。あんなにおじいさん、おばあさんがいるのは初めてでした。

鶴見　映画の最後は墓参、岸恵子（一九三二〜）が人力車に乗ってね。……結局、自分の母親になった人と主人公である父との暮らしは、三年に過ぎなかった。だけど、それでいい、とね。主人公が流れ弾で死んじゃったあと、残された二人の娘を、後妻になった女性が育ててくれる。娘の一人が岸恵子、結局、これも残像。

関川　そうか。残像なのか、あれも。

鶴見　墓参するのも残像でしょ。映画は、藤沢の文学をよく伝えていると思った。岸恵子も最後に出るだけ。

関川　ずっとナレーションをしていたから、いつか出るだろうとは思っていましたが。

鶴見　宮沢りえ（一九七三〜）も良かった。

関川　りえちゃんはいい役だったし、いい役者だと思いました。お相撲さんと結婚しないでよかったですよ。きれいになった。

でも映画について、わたしはひとつ疑問があるんですよ。主人公の清兵衛が余儀なく刺客に立つ。そのとき、支度の介添えをりえちゃんに頼むわけですが、なぜ伸びた月代《さかやき》を剃ってあげないのか。死地に赴くのに、ぼやぼやと伸びた月代のままということはないでしょう。

鶴見　監督に聞いてください（笑）。

関川　山田洋次（一九三一〜）が藤沢周平的世界ともうひとつぴったり重ならないのは、そういうところだと思うんです。

鶴見　黒澤明（一九一〇〜九八）だったら、剃るかもしれない。

関川　ええ。命のやりとりの場に出掛けるのですからね。

あの映画の時代設定は慶応年間（一八六五〜六八）の話ですね。わたしたちが時代小説に感じる懐かしさというのは、経済成長が原則的にない時代に対してのものでしょう。人々の営みは百年変わらないという安定感への懐かしさであり愛着だと思うんです。ところが映画版の『たそがれ清兵衛』では、あえて歴史の激動期を背景においた。このへんはどうでしょう。やはり、たとえば江戸文明の頂点でかつ安定期であった文化・文政年間（一八〇四〜三〇）あたりに設定してもらいたかった、という思いがあるんですね（笑）。

鶴見　近現代史としては、関川さんのいうのが正当だと思うけど、とにかく、明治国家ができてからの百四十年を全部包み込んだ、クリスト（美術家。一九三五〜）の梱包芸術みたいなもの。全部包んじゃった。

関川　クリストねぇ（笑）。そこは赤瀬川原平（作家、美術家。一九三七〜二〇一四）といっていただきたいかも（笑）。

鶴見　むしろ、この百四十年は一体なんだったんだと思わせるような、つまり、人間にとってずっと生きていくというのは、前の時代につないだほうがいいんですよ。

関川　近代を百四十年と考えちゃうことが、わたしとしてはあんまり感心しないんで日本の近代は、広く考えればここ二百五十年くらい、と思いたいわけです。途中でやむを得ず日本型近代から西欧型近代に緊急避難しましたけれども。藤沢的世界は日本型近代に対する懐かしさも含みこんでいるはずです。

鶴見　そうだね。養子というのも、江戸時代後期のころには定着していた。商人は優秀な番頭を養子にしたりしていたでしょ。

関川　その時代からですか、商家の養子というのは。日本の特徴ですね。

鶴見　そこから、もう自前の近代は始まっているんです。でも、日本の知識人はヨーロッパの眼鏡をかけちゃうから、明治以前は藪のなかなんだ。全部、向こうから来た制度で、それを翻訳して、「これが近代だ」と思っているんだけど、実はそれ以前、その百年前から近代が始まっていたからこそ明治があったんです。その躍進は、ロナルド・ドーア（イギリスの日本研究家、社会学者。一九二五〜）の研究（『江戸時代の教育』）を見ても、寺子屋が読み書きそろばんを教え、文字も、フランス、イギリスの同時代を越えていて、決して劣ることはなかった。そういっている。名著です。

柳宗悦の父の柳楢悦《ならよし》（一八三二〜九一）も、十代のときから藤堂藩（伊勢・津藩）で和算を研究していた。そして、長崎の「長崎海軍伝習所」に送られ、そこで学生として、オランダ海軍の軍人に代数と幾何を教わる。和算と違うんだけど、頭の訓練ができていたから、代数幾何が解けるんです。代数幾何は、船の航海術に必要な実際的なものです。そして、柳楢悦は藤堂藩に帰って、イギリスの軍艦が近くの海の海図を計測するときに、「自分もやらせてくれ」と頼み、自分たちの船で同じことをやって海図を作った。それがイギリスの軍艦が作った海図とほぼ同じものだったんだ。彼は、その後、時代が明治になり、海軍ができたときに、最初の水路部の大佐になる。江戸が生きているんだね。最後まで和算を捨てなかった。

鶴見 日本が、大きく変わったのは、やっぱり日露戦争でしょう。多くの血税を払ったことと、世界の大国になったという嘘の情報とがからんでしまった。だが、あのとき、指導者は本当に脳漿を絞り尽くした。たいへんな努力だったと思う。

関川 戦争をやめるためにも、すごい努力を払いましたね。

鶴見 高橋是清（政治家、財政家。一八五四〜一九三六）にしろ、小村寿太郎（外交官。一八五五〜一九一一）にしろ、児玉源太郎にしろ、大山（巌。軍人）にしろ、たいへんだった。ところが、その人たちの気運が、全然、誰にも伝わっていない。

関川 小村も児玉も、疲れ果てて戦後すぐに死んじゃいました。秋山真之《さねゆき》（軍人。一八六八〜一九一八）は気がへんになってしまう。

鶴見 そうそう。あと生き残ったのは、要するにもう少し爵位を上げてくれとか、そういうことに集中するんだ（笑）。でも、秋山真之の兄の好古《よしふる》（一八五九〜一九三〇）も偉いです。好古、真之……好古のほうは、郷里の愛媛の中学校の校長になったでしょう。すごいね。

関川 秋山真之と正岡子規の家が近所なんですね。司馬遼太郎は子規の事跡を調べに行って、そのことに気づいたんです。『坂の上の雲』の発想点は「近所の子どもたちの物語」なんです。成熟した封建制の結果、藩文化が生まれ、「近所」に何らかの気風が育つ、そういう考えでしょう。

鶴見　薩摩も長州も横町なんだね。「近所の子どもたちの物語」。

関川　誰かの影響力なんでしょうか、ある雰囲気が醸成される。

鶴見　長州も薩摩も上司に偉い人がいたでしょう。薩摩は小松帯刀《たてわき》（一八三五〜七〇）、長州は周布《すふ》政之助（一八二三〜六四）。周布は上司としてちゃんと腹を切った。薩摩でいえば、大久保（利通）、西郷（隆盛）を取り立てたのが、小松帯刀、若い家老だった。萩であり、薩摩の下加治屋町だ。

関川　郷土のそういう機能が、やがて果たせなくなってきます。取り立てる目のある人や、問題が起きたら腹を切る人もいなくなる。

鶴見　それは、日露戦争の終わりでなくなった。

関川　やっぱり昔のほうがいいじゃないですか。その人たちは、江戸人でしょう。江戸のモラルで育った人たちですね。

鶴見　学者にしても、作家にしても、江戸時代をかぶっている漱石、鷗外がいいんですよ、それに露伴。

前田愛（文芸評論家。一九三一〜八七）は、鷗外を漱石の上に置いています。漱石の「文学論」というのは、問題が偉大なので、いくら勉強しても解けない。I・

Ａ・リチャーズ（イギリスの文学理論家。一八九三〜一九七九）が出た段階で解ける。リチャーズは、文化人類学をやっているからね。漱石が、世界に通用する独自の文学論を構想して、ウィリアム・ジェームズの『心理学原理』を二回も読んでも、結局、東西の文学がどうして分かれて、別のものになっているか、その問いは解けない。もちろん、漱石の力をもってすればいつかは解けただろうけど、そうした出題が解けるようになったのは、リチャーズが出てからです。このことは、前田愛が教えてくれた。漱石からほぼ三十年を必要とした。だけど、漱石が、そうした問題を出したのは偉いと思う。自分でよろけて倒れてしまうほどの問題を出した。その後の英文学教授で、そういう問題を出した人はいない。

関川　前田愛先生が……。

鶴見　三、四分の立ち話なんだけどね。最後に会ったときです。しばらくして亡くなった。

関川　お若かったですね。まだ五十代でした。

鶴見　鷗外のほうも、軍医と創作活動の両立がうまくいかなくなるけど、晩年を見ると、江戸時代に返っている。「ヨーロッパを追いかけて、追いつけ追いこせ」じゃあ、ダメなんだね。江戸時代、町医者も普通の暮らしの中にいて仕事の中に楽しみがあった。それは、『澁江抽斎』を読むと、よくわかる。澁江抽斎の細君は、風呂から裸のまま出て行って、泥棒にお湯をかけるんだ。裸の女が出てきて、熱いお湯をバッとかけるんだもの、泥棒は逃げてしまうでしょう。そういうことは、初めから身分の高い明治の顕官だったらできない。鷗外は暮らしの中にいた。

関川　しかし、『カズイスチカ』とか『妄想』を書いた時代の鷗外は、率直にいうと、爵位をまだ欲しがっていた可能性があるでしょう。『澁江抽斎』を書く五年前ですが。

鶴見　だけども、もはや別の暮らしがあると思っていたでしょうね。鷗外は親友の賀《か》古鶴所《こつるど》を呼び、自分の細君を遠ざけて、遺言を筆写させるでしょう。「余ハ石見人森林太郎トシテ死セント欲ス」。鷗外というのは、自分が死んだあとをちゃんと見通していたんだね。自分が死んだあと、どうなっていくのか。細君は、結局、家をおさめることができなくて、困ったことになるだろうと、そこまで見てたんじゃないのかな。あの遺書はえらい、すごいと思う。孤独な鷗外というのが出ているじゃない。

関川　鶴見先生も、そういう遺書をお書きになりますか（笑）。

鷗外の奥さんは、ものすごく美貌でわがままな人でした。鷗外は、その奥さんが家を潰すと見えていたんでしょうか。

鶴見　わかっていたと思う。ただ、驚くのは、いまになってみると、鷗外の息子、娘というのは一人残らずみんな立派な文章を残した。長女の茉莉（エッセイスト。一九〇三～八七）なんて独自の世界だし、次女の杏奴（小堀杏奴。エッセイスト。一九〇九～九八）もすごい。

関川　でも、日本型近代が作った賢明な大衆でも、明治三八年以降は時代を支えきれなかったというか、彼らが率先して日露講和条約に反対し、新聞社などを焼き打ちしたわけで、少なからぬ無力感に襲われますけれども。

鶴見　わたしは、やっぱり、その日露戦争の一九〇五年からいまの退廃が始まったと思う。抜け道がなかったんだ。高橋是清たちは悲惨なんだ。一生懸命、この国を建て直そうとして殺されるまでやった。偉い人たちです。

関川　満つれば欠くる、ということでしょうか。日露戦争、とくに日本海海戦は高すぎるピークでした。

鶴見　詩人の長田弘のことわざで、「成功は失敗のもと」というのがある。一九〇五年、明治三八年は、世界史の中で驚異的な成功なんですね。たいへんなことです。だが、その後に、結局、型ができた。それ以降、その型に合わせてやっていこうとなった。それからずっとでしょう。

関川　戦後も同じではないですか。

鶴見　そう。指導者の養成方法が同じでしょう。戦後、占領軍は、東大と文部省、それに天皇（制）を残したでしょう。指導者を養成するんだから同じことになる。ただ一つ違うのは、戦前は、東大を出て官僚になったら賄賂《わいろ》は取らない。健康さえ保てば必ず安定する。戦後は東大を出て官僚になって、かなり高いところにいっても賄賂を取るようになった。これが戦後の変化です。

関川　お給料が安いから。

鶴見　そうなんだろうねぇ。

関川　じゃあ給料を倍にして、賄賂を取ったらすぐ懲役、と法律で変えたらなんとかなりませんか。

鶴見　もう遅いでしょう。「ローマは一日にしてならず」。この日本の腐敗は、一日にしてできたものじゃない。一九〇五年から、百年近くたっているんだから、わたしはダメだと思う。

関川　百年かければ、直るんじゃないですか。

鶴見　いや、千年かかると思う。

でもわたしは、ひとつ違うものが出てきたと思う。「金一元主義」になったでしょう。家の中でもお金の序列がある。しかし、これは逆に、「台湾人は貧しいじゃないか」、「シンガポール人はお金がないじゃないか」というふうに、さげすむことができなくなった。アジアは豊かになってきている。ここだね。このことは戦前にはなかった希望です。そういう意味では、「金一元主義」はおもしろいと思う。

関川 いま、韓国の人々は、日本を「金一元主義」でさげすんでいますよ。

鶴見 それがいいんだ。日本のほうも、「金一元主義」でやってきて、なかなかうまくいかないでしょう。

日本人の未来像

「庶民」とは何か

関川　和算の話ですけどね、印象深く覚えているのは、司馬遼太郎さんが数学ができなくて旧制高校に行かなかったことです。それが、司馬遼太郎を司馬遼太郎たらしめた理由かと思いますが。お父さんが非常に計算の上手な商人だったらしいですね。

鶴見　薬屋でしょう。

関川　ええ。中学のときに、司馬さんができない平方根の計算を、お父さんがそろばんで簡単にやっちゃうんです。「答えはこうだ、理屈はわからんが」と寂しそうにいう（笑）。司馬さんは、「ああ、これが日本の庶民なんだ」と思ったそうです。

鶴見　そこから、司馬さんが出てくる。

関川　父親の寂しげな表情を語る口調に、わたしは司馬文学の出発点を感じました。

鶴見　わたしは、軍隊に行って良かったと思っている。軍隊に行くと、そこには小学校卒の人がいっぱいいる。彼らは状況に対してちゃんと結論を出し、倫理もしっかりしている。上の兵隊がぶん殴ったりしているときに決して殴らないんだ。「新兵を殴ったりなんかしていられるか」とね。この二つには感心した。軍隊に行ってなかったら、わたしのこういう考え方はなかったと思う……。

関川　その殴らない普通の賢い人々が、中学校以上の教育を受けると殴るようになる。そこが不思議です。山本七平（評論家。一九二一～九一）の本を読むまで、わたしは要するに普通の大衆が、ふだんの娑婆での恨みからいわゆる知識人をぶん殴るんだと通俗に理解していたんですが、山本七平によると、殴るのは大学出が多かったというんですね。

鶴見　それはよく見ていますね。大学出はよく殴るんだ。二十歳《はたち》やそこらの新兵を殴るなんて本当に馬鹿らしくてできない。なかには家から引き離された新兵もいた。ヒューマニズムとかじゃなく、ただ馬鹿らしくて殴らない。そういう人たちがいた。

関川　とすると、教育にはあまり意味がない？

鶴見　「一番病」はだめでしょう。

関川　普通の人が愛好する小説といえば、山本周五郎も永く読まれていますね。ときどきブームがあって、一九六〇年代末には学生がよく読んでいました。「山本周五郎好み」が個性の主張だったわけです。ところが近年は、司馬遼太郎も、藤沢周平も、若い人はまったく読まないみたいです。昔からの読者が作家とともに老いながら読み続けるばかりというのが、八〇年以降の潮流じゃないかと思うんです。七〇年代に司馬遼太郎を読んだ学生が、社会のいろいろな所に散って行っても、そのまま読者であり続ける。その読者のある部分は「一番病」にかかった人々なんです。汚職して辞任に追い込まれた政務次官とかが、司馬ファンをつねづね公言していたり。司馬さん、相当がっくりしたらしいですね。

鶴見　大蔵省でいえば、局長や次官になっている人は東大にいたとき、必ず丸山眞男を読んでいる。知識人ということを考えるとき、丸山眞男のグリップは一体なんだったんだ、と。そのことは、とらえなければいけないでしょう。

関川　丸山眞男が講演で、吉本隆明にはちゃんとした学歴がないと、からかったことがあったそうですね。

鶴見　東大の中でも有名な話。「ファシズムというものは、亜インテリが作った」。これは正しいでしょう。そのことを例証していくんだけれども、丸山さん、勇み足になるんです。「皆さんは東大に受かっておられるんですから、亜インテリではありません」とね。これは、わたしは引っかかる。「東大に入っているから亜インテリなんじゃないか」。そう言いかえしたい。本当に心の琴線に触れるんだね。

関川　吉本さんはそのとき、「わたしは本質的な勉強をしているから、東大教授のような下品なものにはならない」といったそうです。

鶴見　そこの一点で、私は吉本隆明の側につくし、丸山眞男と対する。うっかりして媚びたんだよ、東大生に。

「知識人」への疑い

関川　『君たちはどう生きるか』の岩波文庫版には、その丸山眞男が解説を書いています。著者の吉野源三郎が亡くなった直後にあたりますが、これは非常にいい解説です。

鶴見　当時、東大助手である丸山さんが、『君たちはどう生きるか』をリアルタイムで読んで、たいへんな本だと思ったことがすごい。わたしは、ハーバードの一年生のとき、偶然、見かけたんだ。置いてあった。おそらく、日本人の医者が持って来たものだと思う。それを読んだら、もうびっくりしちゃった。こんな本を日本人は書くのか。哲学科の一年生だから、少なくともアリストテレスの論理学を読んでいたわけでしょう。そのそばにおいても恥じない本。すごい人が出たと思った。

関川　『資本論』をわかりやすく巧妙に読み解いた児童文学、かつ教養小説。もう一つありました。都会小説でもあるんですね。

鶴見 ナポレオンが出てくるところがすごい。ナポレオンがヨーロッパから退却する場面を、おじさんが主人公に話すでしょう。とらわれの身になったナポレオンだが王者の誇りを失わず、とね。

関川 そのナポレオン狂なのが女子学生だったりします。

鶴見 吉野源三郎の転向体験が、あそこに書かれてある。それから、おばあさんが荷物を抱えて石段をのぼっていくところ。そのあとをずっとついて行くけど、恥ずかしいから、荷物を持ってやらなかったという。主人公のお母さんが、十代だったときの話をするところなんだけど、誰でも振り返ると、後悔することがあるんだ。

関川 ありますねぇ。

鶴見 あそこは明らかに、転向体験を書いている。

関川 しかし、子どものころに良書として薦められたときには反発しましたよ。こんないいうちの子どもが集まっている環境は全然リアルじゃないな、と。周囲にいたのは豆腐屋の浦川君みたいなタイプだけですが、その浦川君もできる子には違いない。そういうことを、先日「日本経済新聞」に書きましたら、矢川澄子（作家、詩人。一九三〇〜二〇〇二）さんから、亡くなるちょっと前なんですけれども手紙をいただいたんですよ。「自分は、学校は違うけど、ああいうふうな高等師範付属のサークルのなかにいた」「だけど、地方の子がそういうふうに読むとは夢にも思わなかった」と。

鶴見 矢川澄子の父親は進歩的知識人なんです。彼女は、娘のころ、お父さんはなんて偉い人なんだろうと思って讃嘆の心を持って生きてきた。ところが、戦後になって変わったんだ。いわゆる知識人といわれる人に疑いを持った。彼女はずいぶんいろんな人に親切にされた。滝口修造（詩人、批評家。一九〇三〜七九）は、彼女のためのアナグラムを作ったりした。谷川雁も、とても親切でした。

関川 谷川雁には結婚を申し込まれたそうですね。

鶴見 谷川雁は魅力のある、おもしろい男なんだ。

関川 矢川さんは、谷川さんのちょっと元気すぎるところというか、ものの食べ方とか、そういうところでダメだったと聞いていますが。やっぱり、六十年前の世田谷のよい家の女の子、そんな筆跡と書きぶりでしたが（笑）。

本は、長い間に何度も読むとそのたびに味わうものが違い、発見があるでしょう。『君たちはどう生きるか』もそうでした。大人になって読み直してみると東京の子への嫉妬心は薄れるし、丸山眞男の解説の意味もわかった。同時に、「これを書いた丸山さんが、一番病でもあるのか」と複雑な思いを持ちました。

鶴見 丸山は「一番病」じゃないでしょう。丸山は成績が悪くて、一番になったことがない。努力して、一中から一高へ入った。

関川 本当ですか。

鶴見 あなたが、吉野源三郎についていうような感想なんです。「そんなもの、よそへ行ったら全然違うんだ」と……。矢川さんではないが、「世田谷の女の子だ」ということは、なんともしょうがないね。生まれ育った家を全く否定することはできないことなんだ（笑）。

「不良の花道」

関川 ところで、鶴見さんはお父さんの祐輔さんのことをいろいろと批評的にお話になりますが、聞いていると偉い人じゃないかと思えてくるところがあるんですよ（笑）。

鶴見 わたしの足をよく引っ張りますね（笑）。
　偉い人ではあった。わたしが十四歳やそこらで女と一緒に暮らそうとしたりしたので、心配で頭は真っ白になった。

関川　鶴見先生が、最初に女の子となにかしたのは、いくつくらいのときなんですか。

鶴見　十四歳のはじめくらいじゃないかな。そのときの放蕩態度はだいたい丸二年くらいじゃないかな。

関川　相手の方はクロウトではないわけですか。

鶴見　いろんな人がいた（笑）。

関川　早熟ですねえ。

鶴見　まだ生きてる人もいるから……。

関川　ロマンチックな気質なんですね。幼いころから『岩窟王』など読みすぎると、そういう少年になるのかな（笑）。でも、放蕩を日本でめちゃくちゃしてからアメリカに行ったわけでもないでしょう。たかだか二年くらいでしょう。

鶴見　だけど、付属小学校六年生で不良というのは、もうわたしのことだったんだ。それはもうダメなんだ。

関川　でも、やっぱり、いい学校の不良という感じがしますね。『君たちはどう生きるか』を読んで以来、田舎の子は放蕩面でも都会の子に嫉妬します。

鶴見　学校全体のなかで、不良といえば、わたしのことだ、とね。

関川　ある意味カッコいいじゃないですか。みんなが鶴見少年を恐れつつ、「あれは、たいしたやつだ」という視線を感じたでしょう。やっぱりそれは不良の花道ですよ。無籍者になっちゃったんだ。

鶴見　不良の花道っていってもね、とにかくクビを切られちゃうわけだから。無籍者になっちゃったんだ。

関川　教練を受けないから旧制高校には行けなかった？

鶴見　教練と修身と……それから柔道、剣道。もう一つ、何か変なのがあったねえ。操行だ。五科目あるんだ。それが全部注意点だといけない。わたしは、試験はごまかせるけども、府立高校へ入って最初の席次が、八十人中十二番だった。十二番以上あがらない、この五科目に足を引っ張られている。

関川　えっ？　府立高校に入ったんですか。

鶴見　試験はなんとかなるんだ。

関川　でも、中学を出ていないでしょう。

鶴見　小学校出て、中高一貫の七年制高校にあがる。ケチな了見でね。わたしは小学校をクビになったけれども……。はじめ、武蔵高校を受けた。筆記は通る。だけど面接があるんだ。目つきが悪いからね（笑）。同級生は下のものとして見下せると思った。そういうくだらない了見なんだ。

関川　目つきが悪かった……。

鶴見　明らかにわたしは他の人と違う。犯罪者の目だ（笑）。
関川　眉間に、縦ジワをよせたり。
鶴見　目が暗い。
関川　そうか、七年制高校の尋常科に入ったのですか。
鶴見　試験は通った。でも一年でクビになった。
関川　だいぶ謎が解けてきましたね。
鶴見　それから五中の二年に転入した。これは二学期しかもたなかった。
関川　五中というと、いまの……？
鶴見　小石川高校。親父は、まだ東大に入れるだろうと期待をかけていてね（笑）。東大に入ると思ったんだけど、あにはからんや、それでまたクビになっちゃったから（笑）。
関川　でも、次はハーバードじゃないですか。お父様も、ハーバードだったら外聞も悪くはないと。
鶴見　外聞か、それはそうだけど、すぐにハーバードに入ったわけじゃない。アメリカに行ったって、どこに入るかわからないじゃない。自分でもわからない。これだけ成績が悪くてアメリカに来た人間が、突然に試験を通ると思っていなかったんだ。

わたしとしてはお袋から離れる、それだけあればよかった。だから、どこに行ったって同じ。日本語でやったほうが楽だったでしょう。英語が最初まったくわからない。わたしは馬鹿なんだ、とわかった。毎日毎日わからない英語を聞いていたんだが……。ある日、突然、頭の中がひっくり返って、英語が入っちゃった。その四カ月後にハーバードの入学試験があったんです。

関川　ある日、突然英語の頭になった。これはすごいですね。

鶴見　結局、お袋という頭の上の重しがすべてだった。

関川　十六、七（歳）でないと、とてもできない経験でしょう。うらやましいですよ。ご苦労は察しながらも（笑）。

鶴見　日本にいたら、結局、自殺したんじゃないかなと思うね。

関川　昔から、そういう恐いお母さんって、いらっしゃったんですか。

鶴見　いたでしょう。

関川　しかし、恐いお母さんは、ほとんど近代の産物でしょう。

鶴見　でも、魔女はいた。足利時代の北条政子とか。

とにかく、母親の影響というのはたいへんなものです。父親とは問題にならない。もし、お袋が死んでいたら親父に育てられたでしょう。東大に入れたかもしれない。

でも、お袋が、異常な自己批判をわたしに押しつけていたから、それではとても生きられない。巨人なんだ、お袋は。

関川　仮に東大に入っていたとして、何になっていたんでしょう。官僚でしょうか。

鶴見　親父みたいな人間がいいと思って、親父みたいな人間になったんじゃないのかな。

関川　じゃあ、小説も書いてた。

鶴見　小説かあ（笑）。

関川　そっちのほうが意外といいので、官僚のほうは辞めちゃう。実際、鶴見さんは大学紛争を契機に同志社大学教授のほうは辞めました。結局、いまと同じ道を歩んでいる（笑）。

鶴見　親父は総理大臣になりたかったんだ。それしか頭にない。小説で成功したと思っていなかった。

関川　でも、お父さんの書かれた小説、超ベストセラーになったでしょう。松竹蒲田で映画化されたのは、高峰秀子（一九二四〜二〇一〇）が子役でデビューした作品（『母』）です。

鶴見　五十万部出ましたね（『英雄待望論』、『母』）。親父はたいへん才のあった人だ。

だけど、見識のない人だった（笑）。

関川　相変わらず厳しいですね。

鶴見　だいたい一番になる人は、見識がないんだよ（笑）。……でもね、親父は貧乏だったんだ。一高の一番になったときに、一番上の姉さんが、「この人は一番なんだから、それを信頼してお金を集めましょう」といって、兄弟全部、東京に集めて、親父を上の学校へ出してやった。だから、親父は、兄弟にたいへんよくしている。

関川　みんなが力を合わせて、できる子を上の学校にやってあげるのは、昔の日本の立派な伝統だったんじゃないですか。

鶴見　だけど、要するに「一番の人間が総理大臣になるべき」だけでね、どういう日本を作るかなんていうのはまったく二の次でしょう。

関川　それは東京大学自身の問題で、東大に入ること自体にはあまり問題はないんじゃないですか。

鶴見　いや、そうじゃないでしょう。ずっと一番だから、つまり、先生の答えをいつでも自分の答えにするんだ。先生はどんどん変わるわけだから、そのたびに先生に合わせて生徒も変わる。それは絶えざる転向の原型でしょ。

関川　ああ、そうか。美濃部達吉（憲法学者、政治家。一八七三〜一九四八）の教え子たちのように。

鶴見　そうそう。転向と一番病とは相互依存。

関川　過剰適応ですな。

鶴見　わたしたちの小学校でいうと、永井道雄は二番。一番になろうとしない。一番の生徒は中学四年から一高に入って、東大法学部に入って、ずっと一番。そこを出てしばらくして死んでしまった。不良性のない男だった。

関川　永井さんには、そういう知恵というか健全な不良性があったから、生き延びたのだという気がしてきました（笑）。

鶴見　小林恭二（小説家。一九五七〜）の『父』という小説を読んで、そのなかに、私のクラスの一番が出てくる。一高のときに無銭旅行をやろうといって、一高の先輩にタダで泊めてもらいお金を恵んでもらう話です。そこで、「ああ、こいつは無銭旅行をやったのか、せめてもの救いだな」と思った。いつでも一番で苦しかったんだね。

関川　小林恭二のお父さんも一番だったのか。一高生は、高級官僚上がりで田舎に隠居した人を慰問して回るとお金がもらえる。

鶴見　それぞれ。

関川　そんなの早稲田じゃできない。いっぱいいいすぎて（笑）。

「できる」ことの弊害

鶴見　中村真一郎（小説家。一九一八〜九七）は、父親が死んで、ものすごく貧乏になったんですね。本当に貧困の極み。彼は共産主義者になったんだ。開成中学の同級生だった福永武彦（小説家。一九一八〜七九）は、一高に入るんだが、中村真一郎は一度落ちる。その中村に、「どうしても入れよ、一高に入れば家庭教師の給料も上がるぞ」と福永がいう。福永は中村に受験のコーチをする。中村は二年目に入るでしょ。家庭教師の給料がビーンと上がるんだね。

関川　時給が二倍。

鶴見　中村真一郎は、それでずっとやってきた。そういう時代なんだね。私の親父も、一高、一番。それで、兄弟が支える。で、わたしみたいなひどい息子が現れて、親父は気の毒だ（笑）。踏んだり蹴ったりでしょう。

関川　でも、お父さんは姉とその夫の力で上の学校に行かれた。出世してそれに報いるのは義務じゃないですか。

鶴見　みんなの面倒をみたけれども、知識人としての道とちょっと違うじゃない。

関川　知識人の道はよくわかりませんが、人の道としては、やっぱり報いなければ。

鶴見　人の道で報いたら人の道に外れた息子ができちゃった。すごくかわいそうだった。

関川　そうですねえ（笑）。でもお父さんは、さらに出世されたわけですが。

鶴見　だけど戦争の旗を振るでしょう。「この戦争に負ける」とわたしにちゃんという。家にいるときはわかる。でも、国会にいくと違っちゃう。そして、戦争に負けたあと、アメリカが自分を総理大臣にしてくれると思っていた。それはとても単純すぎるじゃないの。それが「一番病」なんだ。

関川　アメリカが自分を総理大臣にしてくれる……。

鶴見　自分は英語ができるし、マッカーサーにも確か即座に手紙を書くんだ。誰が総理になるかということはそんなに単純じゃないでしょう。鳩山内閣（一九五四〜五六年）の後、石橋湛山のところにパッと総理がまわってきたでしょう。

関川　そういう賢いお父上も、負けるとわかっていて、なぜ戦争継続の流れを引き戻すことができなかったんでしょうか。

鶴見　「一番病」にすっかりやられているからね。つまり、議会で成立すれば、それに従っていく。困ったことにね。

関川　議会制民主主義の優等生信者ということですか。

鶴見　戦争が終わって、最大野党（日本進歩党）の幹事長になった。最大野党の幹事長だから、自分が総理大臣になると思っていた。そこがもう、あまりにも単純だ。成績の悪い吉田茂は、もっと別な考えを持っていた。

関川　じゃあ、どうですか。勉強ができないように努力をするというのは（笑）。

鶴見　それはいい。

関川　それはいいんですか。

鶴見　たとえば中谷宇吉郎（物理学者、随筆家。一九〇〇～六二）は、中学校でものすごく勉強をして一番だったんだけど、馬鹿らしくなっちゃった。高等学校に入ったら一番なんて得るところが少ないと思って、できないやつを友達にするんだね。そして急にビリに近い成績に落ちていく。その結果、高等学校時代は豊かに過ごせた。東大は理学部へ入った。法学部と違ってすぐに稼ぎと結びつかない。

関川　東大は法学部以外、簡単に入れましたね。文学部なんか定員割れでした。入るのがたいへんなのは旧制高校。だから一高一番の価値はとても高い。

鶴見　東大に行ったら、寺田寅彦（物理学者、随筆家。一八七八～一九三五）がいる。

中谷の恩師になる。寺田寅彦は、「フィロソフィー・マガジン」、これは物理雑誌で、それを読む。ところがあまり面白くない。こんな雑誌じゃダメだと思うんだ。でも、そこに火の玉の実験の記事が出ていてね、火の玉がフワフワと飛んでくる。その火の玉にステッキをグッと差し込んで、どうなったかの実験が書いてあった。「これはおもしろいじゃないか。こういう実験をやる人間が、イギリスにいるんだ」とね。それから、寺田は日本の線香花火の実験をやって、その結果を「フィロソフィー・マガジン」に送り、載ったんだ。学生のときから漱石の教えをうけているから、イギリスの事情を知っていた。その寺田寅彦の下で、中谷がやるのは、雪の花の研究です。江戸時代の雪の研究をやった人たちの記録を見ながら雪を実験的に作る。それはやがて世界的な業績になった。世界で初めて人工雪を作った。このことは、石川県の小松中学で一番だったとき、自ら成績を落としたところから始まったんです。

関川　もともとできる子じゃないと、成績を落とせないですね（笑）。勉強ができてしまうエネルギーを成績関係以外のことに注ぐべし、ということでしょうか。

鶴見　できると、そのできること自体に興味を持っちゃう。「一番病」になるんだ。

関川　それが官僚機構の弊害だとしたら、出版社がよくやるように入社試験で一番の子は入れなければいいじゃないですか。

鶴見　社長が東大卒で顧問も東大卒である会社では、普通、そういうことはできないでしょう。

関川　中央公論はできなかった。たしかに、あんまり後がよろしくないようですな。

鶴見　中央公論は、もともとは京都の西本願寺から出たでしょう。編集者の滝田樗陰《ちょいん》（一八八二～一九二五）は東大だけど、その株を買って継いだ嶋中雄作（一八八七～一九四九）は早稲田大学で、長男も早稲田、次男は東大なんだよね。長男は、わたしたちより二歳年上。

関川　長男は、なんとおっしゃるんですか。

鶴見　晨也。とても仲のいい兄弟でね。二十代で亡くなっちゃう。そこで、次男の嶋中鵬二（一九二三～九七）が社長になったんだが、社長になる前に二人きりで話して、わたしは反対した。「中央公論社に入ったら成功したってもともとだぞ」とね。当時、彼は学者志望で、明治大学や東洋大学で講師をやっていた。そのまま東大に残っていたらとてもいい仕事はしたと思う。でも、中央公論に入った。商売はうまくやったけど、結局は、読売新聞に手渡した。最後に会社を仕切ったのが嶋中鵬二の細君でしょう。嶋中鵬二が亡くなり、大きな負債が残った会社の会長になった。細君は立派な人で、息子に社長の器量はないと判断して、社員を一人もクビにせず、自分の土地も家も、全部手放した。そして、中央公論の名を残したじゃないですか。えらいですよ。

関川　さっき『君たちはどう生きるか』について日経新聞に書いたといいましたけれども、実は、矢川さんの他にもう一通手紙をもらいました。それが嶋中さんの奥さんだったんです。やはりとても懐かしいと。立派なご文章でした。

鶴見　嶋中雅子さん。蠟山政道《ろうやままさみち》（政治学者。一八九五〜一九八〇）の娘でね。彼女は、わたしの不良少年のころをよく知っている（笑）。わたしは嶋中よりも、先に彼女を知っている。

関川　そうなんですか。育ちのいい子どもたちの狭い世界なんですね（笑）。

鶴見　それは否定はしません。

嶋中鵬二のことだが、小学校五年のときに探偵小説を書いていた。「怪盗X団」なんていうのを書いて絵も描いていた。たいへんに才能のある男なんですよ。

関川　それは惜しいことをしました。

鶴見　彼はいろんなことができた男なんだ。わたしは、中央公論の社長になることに反対した。そのときの、彼のいい分は、「家族の面倒をみなければいけないんだ」だった。つまり持株会社でしょう、彼が要の人間なので、全部を支えるためにとね。

それが、結局、彼のまずまずの成功、そして次に失敗を導き出した。

関川　日本の伝統で優れた養子をもらう。そのほうが会社としてはよかったでしょう。

鶴見　血縁の外に渡せなかった。

関川　いま韓国の財閥は、みなそれで苦しんでいます。

鶴見　中央公論だけど、中心に誰を置くか繰り返し話し合いをもったんだ。わたしを呼んで一緒に飯を食った。最後は粕谷一希で、粕谷一希が中央公論をかなり引っ張った時代があって、社員もクビにした。粕谷一希がわたしの家に来て、すぐにいったのは、「嶋中さんは出版人として攻めに強く守りに弱かった」と。粕谷が嶋中に対して持っていたイメージなんだね。

関川　司馬さんと中央公論は関係が深く、山形真功という編集者をはじめ、司馬さんの信頼も篤かったんですが、にもかかわらず司馬さんに電話をかけるときには嶋中さんを通さないと叱られたそうです。

鶴見　そういうところがあるわけだ。結局、潰しちゃった。だけど彼はいい細君をもらったから、それによって有終の美は飾ったと思う。

関川　いい奥さんと才能のある人の息子さんなのに、皮肉です。

鶴見　皮肉ですねぇ。

関川　遺伝というのは隔世のものなのでしょうか。鶴見さんに、ひいおじいさんの遺伝が突然現われたように（笑）。

鶴見　ハハハハハハ……（笑）。

江戸から地続きの時代

鶴見　そろそろ、『「坊っちゃん」の時代』に入りましょうか（笑）。

……新しい明治の文化のなかに生きた人というのは、おもしろいんですよ。一挙に新しい明治の文明開化になるわけではないでしょう。その一線の上に、漱石と鷗外と幸田露伴（一八六七〜一九四七）がいるわけです。いずれも、いまも読むに堪える、非常に重大なものを持っている。先まで見る力を与えてくれるでしょう。鷗外、啄木などを入れたら話は複雑になったでしょうが、そのなかの一人、漱石を中心に、『「坊っちゃん」の時代』というものを、しかも「坊っちゃん」に絞って書くというのはすごいと思う。

関川さんが、その漫画の原作を書いている。漫画の原作を書くというのは大変なんでしょ。前から何度か試みていたでしょう。

関川　はい。

鶴見　それがよかったんです。漫画の原作を何度も書いて、手に合うものになっていった。これはすごいと思う。『「坊っちゃん」の時代』を読んでみると、そのことがすごい力になっているね。

関川　「原作」というより精密な脚本ですけれども。

鶴見　漱石を現代のなかに置くときに、三重の漱石像、坊っちゃん像ができるわけでしょう。ひとつは江戸時代、生まれた頃は江戸時代なんだ。その江戸時代があって、それから明治があって、そして現在がある。この三重の時代のなかに置いて、しかも漱石は生きているわけだ。このメッセージは、決して力尽きていないという、そこがすごいと思う。三重の漱石像が描かれている。

だから、百四十年の日本の文化をとらえる、適切な枠組みができている気がします。明治があって、そして一九〇五年、日露戦争への準備に入る。もうひとつの日本の近代というのができたと思うんだけれども、関川さんの漱石は、この一九〇五年が出発点なんだよね。

関川　当初の発想はそこですね。坂の頂点からの下り道。

鶴見　おもしろいね。冒頭は、酒乱の夏目漱石がビヤホールでビールを飲んでいて、暴れる。そして留置場に入れられるんだが、その築地警察の留置場で一緒になるのが、俠客の堀紫郎（虚構の人）に森田草平（小説家、翻訳家。一八八一〜一九四九）、それに荒畑寒村（社会運動家。一八八七〜一九八一）、太田仲三郎（虚構の人）。おもしろいんだ。ここから始まる。山田風太郎みたいな感じなんだ。漱石は実際には行っていないが、森鷗外が中心の山県有朋（一八三八〜一九二二）の椿山荘での歌会のシーンもいいね。漱石はここで、山県有朋を、「坊っちゃん」が赴任することになる松山の中学校の校長にするんだね。野だいこは桂太郎（一八四七〜一九一三）。マドンナは平塚らいてう（「青鞜」主宰。一八八六〜一九七一）。井上眼科も出てくる。いまもあるよね。そこでみた目を病んだ女、そういう幻の女を見て、彼女を兄の嫁でもあり、樋口一葉でもあり……理想の女性なんだ。明治以前の美徳を全部自分のなかに持っている女性。そして、彼女を、「坊っちゃん」のあのおばあさん、清という女性にするんだ、関川さんは。いいですね。「坊っちゃん」の筋書きなんだね。そして、一九〇五年以後というのを、全部、「坊っちゃん」のなかに入るようにしちゃう。これはやっぱりすごいよ。

　結局、明治初期の残像のなかで、いまの日本を強引に含めてしまおうという作品でしょう。そのためには、漫画の方法、たいへんに難しい漫画のテクニックを使ってやっている。すごい作品だと思う。どうして、こういうところまで来たのですか……。

関川　はあ……（笑）。

鶴見　自分で解説してください。

関川　一番大きな動機は、お金のためでしょうね。まだ漫画が産業として活発だったころに書き始めたんですよ。原稿料はよかったんですよ。やっぱり生活を維持するというのが職業目的ですから。生活を維持しつつ、自分も楽しみ、人にも楽しんでもらいたいという思いが強いわけで、そのためにもっとも有効なジャンルが当時は漫画だったということです。もうひとつは、漫画のストーリーを書きながら絵描きさん（谷口ジロー）とだけ比較的長くつきあって、あうんの呼吸というか、要するに余計な議論はなしに、ちゃんと演出してくれる人だということが大きかったと思います。

鶴見　その絵描きさんの経歴は、どういう人なんですか。

関川　才能ある普通の人ですね。鳥取の商業高校を出て、上京してしばらくカタギの勤めをしていたんですけれども、もともと絵が好きだったので、漫画家さんのアシスタントになって、比較的早い時期に独立しました。

鶴見　いつくらいから独立したんですか。

関川　二十五、六歳からだと思います。漫画出版社で紹介されたとき、編集者にいわれたんです。「この人は絵はうまいんだが話が暗くて。だからあなた、悪いけれども、この人の絵のうまさを生かすために、物語を書いてくれないか」。で、彼はハンサムな男なんですけれども、暗い目でわたしを見るわけです（笑）。まだ七〇年代の後半でした。で、わたしが「こんなのは君に描けるか」という態度でスクリプトを渡すわけです。そうするともともと腕には自信ある人ですから、強い反発心を動機に仕上げてくる。そういうことを何回か繰り返すうちに、息が合ってきたんですね。

鶴見　編集者が出会わせたわけですね。

関川　アルバイトを探していたわたしと、暗さを脱却したい彼の利害が一致しました（笑）。

鶴見　同じ世代……。

関川　彼のほうが二つ上です。本来なら、うまくても暗い作風の描き手というのはマンガ界では生き延びられないんですけれども、当時は漫画産業が、八〇年代に向けて上り調子でしたから。彼のような作家も存在できたのですが、わたしと仕事をし始めてから、ちょっとトーンが変わりました。彼はいま、ヨーロッパではマニアの間の有名人です。「小さなオズ」のように遇されています。

鶴見　合作の、これは第一回ですか。

関川　いいえ。短いものをすでに何本も共作し、長篇としてはこれが二作目ですね。

鶴見　これより前はどういうものですか。

関川　探偵ものです。探偵が出てきて町の事件を解決するという、ハードボイルドなユーモア読み物です（『事件屋稼業』）。

鶴見　関川さんが、その探偵小説を書いたんですか。

関川　探偵小説めいたものを書きました。

鶴見　それはすごいですね。

関川　それはなんていうか、事件を解決するためには警察に頼めばいいんだが、人にはいえない秘密があるから探偵が必要なんだ、という話ですね。探偵は金銭にこだわりがちで、別れた奥さんに未練たらたらの男です（笑）。

鶴見　『「坊っちゃん」の時代』は、漫画の方法なんですね。同時代的に大きくつかむと、山田風太郎と高橋源一郎とほぼ似た方法なんです。風太郎は戦争中の日記、敗戦直後の日記と二冊出しているから、すごくわかる。つまり、パラレル・ユニバースなんだ。一枚の世界に見えて、実は一枚ではなく、いくつもの可能性がある世界だということを、両親を失った孤独な少年として育ち、戦時下の十七、十八歳のときに感じたんだね。山田風太郎はいっぺん会社勤めをやって、お金を稼いで、それから医学校に行っている。そして作家だ。たいへんなことなんだ。それで、忍法帖といっためちゃめちゃでとてもおもしろい世界を書いた。その筋道はよくわかる。でも、高橋源一郎はどうして、ああいうふうになったのか、よくわからないんだ。全共闘ですね。

関川　そのようです。

鶴見　全共闘があって、めちゃくちゃに荒れた。やっぱり十八、九歳なんでしょう。そのことが、彼の頭脳を破壊してしまったんだ（笑）。たいへんにおもしろい成果だと思うけどね。

関川　灘高を出て横浜国大ですが、東大の試験がない年だったから、要するにただそこへ行ったというだけの話のようです。

鶴見　わたしは、全共闘運動が生み出した一つの偉大な成果だと思うね。彼の仕事に非常に共感を持つね。『日本文学盛衰史』、いいものだと思う。やっぱり一種の能動的教養主義だね。

関川　そうか。能動的教養主義なのか、あの作品は。

鶴見　それと、関川さんの仕事。この三つ、たいへんによく似ている。海外をよく見て比較しているわけじゃないけど、わたしの知っているのでは、イギリスの作家のアントニー・バージェス（一九一七～九三）なんだけどね。彼の「さかさまの英文学史」というのはおもしろいんだ。映画にもなったけど『時計じかけのオレンジ』を書いた人で、世界文学史をガシャッと潰しちゃって、めちゃくちゃに合わせちゃうんだ。そういうふうに、ガルシア・マルケス（コロンビアの小説家。一九二八～二〇一四）だとかボルヘス（アルゼンチン出身の小説家。詩人。一八九九～一九八六）、魯迅（中国の小説家。一八八一～一九三六）もなにもかも全部ごちゃ混ぜにしたら、おもしろいものが書けると思う。そういう時代がやがて来るかもしれない。漫画がそれを可能にするかもしれない……。

関川　高橋源一郎は『「坊っちゃん」の時代』に刺激を受けて『日本文学盛衰史』を書いたみたいですが、漫画業界が好況だったからわたしたちの作品のような存在も許してもらえたというのが、本当のところだと思います。九〇年代以降は載せてくれないでしょうね。

鶴見　「週刊漫画アクション」というおもしろい雑誌が連載の舞台だったでしょう。これはすごい。

関川　剣豪ものとか、青春ものとか、さまざまな漫画があって、そういう売れる作品がある限り、こういうのがいてもいいといわれた感じでした。

鶴見　大正のはじめに、日本でオペラが起こるでしょう。ああいう不思議な空間があって、そこからエノケン（榎本健一。コメディアン。一九〇四～七〇）も出てくるんだ。大衆演芸の世界はおもしろい。井上ひさしも、そこから出てきたでしょう。要するにヌードショーのちょっとしたつなぎの芝居を井上ひさしが担当していた。上智の学生でアルバイトで、それが、彼の才能に火をつけたんだね。やがて『ひょっこりひょうたん島』につながっていく。わたしは、井上ひさしがとっても好きで、『頭痛肩こり樋口一葉』と『ひょっこりひょうたん島』……、関川さんの漱石とちょっとからむようなところもあると思う。

関川　井上さんの舞台はとてもおもしろいですよ。翻訳劇のやりかたではないからでしょうね。

鶴見　『頭痛肩こり樋口一葉』では、最後の場面は、あの一族はみんな幽界に行っているでしょう。現実界にひとり残された邦子は、仏壇を背負ってグッと立ち上がる。映画の「タイタンの戦い」みたいなんだよね。「邦子、しっかり」と幽界から応援がくるでしょう。結局、邦子が一葉の文学遺産を守って、一葉を今日に生かすというシーンなんだ。最後はやっぱり感動的だよね。幽界から応援するでしょう、あれはおもしろい。

関川　死者との共存は井上さんの芝居の特徴です。彼は死んだ人を差別しませんね。『ひょっこりひょうたん島』は、実は死んだ子どもたちの物語だと井上さん自身が明かしたことがあります。とうに死んでしまった子どもたちが大海原を漂流している。

鶴見　ある意味で、ピーターパンなんだ。

関川　ドンガバチョとか、楽しい登場人物たちによる死者たちの物語ですね。

鶴見　共通性があるでしょう。つまり、そういうものを全部扱えるような文学者が出てくれれば、おもしろい。『「坊っちゃん」の時代』は漫画というものの力、可能性を実によく発揮させたものだと思うね。

関川　そうおっしゃっていただくとほんとうに嬉しいですけれども、八〇年代までの漫画は日本の若い才能を吸引したんです。五〇年代までの映画産業がそうであったように。問題は九〇年代以降、どんな表現ジャンルが才能を吸引できるかということでしょうが、これといったものが見当たらないですね。そうすると何かを表現したい青年たちは、自己表現というか、「わたしってこんな人なの」といったタイプの小説をこぞって書き出します。それはちょっと寂しいことです。

戦後文化の新潮流

鶴見　善人は漫画を読まないですね。漫画を読まない人は恐い。でも、竹内好や桑原武夫さんたちは、「漫画を読めないのは自分の欠点だ」と意識していたんです。竹内さんは、「自分が漫画世界を軽蔑しているわけではない、自分は漫画を読めないけれども、漫画世代がどう魯迅を読むかに、自分は期待をかけている」と。死ぬ前に、そういうことをいってましたね。

関川　それはちょっと残念。漫画世代は魯迅を読みませんでしたから。

鶴見　いや、四方田《よもた》（犬彦。評論家。一九五三〜）が書いた『魯迅』……スージー甘金（一九五六〜）というイラストレーターと組んで書いた本があるでしょう。おもしろいですよ。あの作品は、竹内好が節度から書けなかったものも十分に書いている。魯迅が朝、体操をするようになると、纏足をした魯迅の細君が隅っこの方で一生懸命体操をやっている。悲劇的な光景だね。四方田は、そこまで描いているんだ。

関川　それはすごいな。

鶴見　魯迅の暗さ。そのことを、竹内好は節度で書けないんだ。でも、若い世代というのは恐いね。四方田の『魯迅』はそこに踏み込んでいる。書いたとき、四方田は三十代だったんじゃないかなぁ。

その竹内好だけど、丸山眞男はすごいんだ。竹内好が死んだときに、『北京日記』を読み、「この日記には、当時の政府と新聞との使い慣れた時局用語が登場していない。竹内さんの時局を見つめる視点がある」という。「これがジャーナリスト竹内の誕生だ」と、いった。この眼力はものすごく鋭い。

わたしは、竹内好のことを書いたけど（『竹内好――ある方法の伝記』）、失敗作だと思う。竹内好をとても尊敬している。尊敬していると評論文は書けないね。

関川　直接知っている人の評伝はむずかしいんじゃないでしょうか。どうしても顔が浮かんでくる。

鶴見　わたしは、柳宗悦とあんまりつきあいがなかった。でも、書くものはずっと読んでいた、小学校六年くらいからね。会って話をしたのは一回だけ。

関川　お訪ねになったそうですね。

鶴見　一回だけなんだ。それぐらいだと書けるわけ（『柳宗悦』）。竹内好だと本当に常住坐臥会っていたしね（笑）。

関川　知っていると、やっぱり遠慮があるというか、自分の中のかくあるべし、というのが少し出ますね。

鶴見　わたしの書いた竹内好より、一九七四年生まれの岡山麻子さんの『竹内好の文学精神』という本がもっと先にいけたかというと、彼女は竹内好に会ったことないんだね。軽蔑もさまたげになるけれども、敬意もさまたげになる。

関川　それは四方田さんにもいえることでしょうね。

鶴見　四方田も竹内さんを直接には知らないでしょう。四方田の『魯迅』はおもしろい。漫画と組んでいるところが、あなたと似ているじゃないの。

関川　もうひとつ差し障りというか、さまたげになるのは、こういう業界で生きていると、仕事より先に書いた本人を知ってしまうことが往々にしてあることです。

鶴見　四方田は、わたしに対して繰り返し足を引っ張っている由良君美《ゆらきみよし》（英文学者。一九二九〜九〇）の弟子でしょう。由良君美にくっついて出てきた人なんだ。だから、向こうは、わたしに反感を持っているだろうと思っていた。山形ドキュメンタリー映画というところで、わたしは、彼らと話をする予定になっていた。見ていると、四方田が入ってきた。「ああ、今日のシンポジウムは荒れるぞ」と思ったんだ。足を引っ張られるのは覚悟しておいたほうがいいと思った。そしたら、四方田は意外におとなしくてね。わたしのところにやってきて、「ご飯を食べていないでしょう。あんパンどうですか」と自分が買ってきたあんパンを渡してくれたんだ。「これは、俺に反感を持っているんじゃない」とね（笑）。

関川　あんパンですか（笑）。買収にしちゃ一番安い。

鶴見　そうそう（笑）。

関川　お金でないから効くんだな。それは四方田さんお手柄だ。

鶴見　「あんパンのお金、五十円どうです」といったら、買収は効かない（笑）。それから、四方田の本を読んでいます。『漫画原論』、あれはいい。関川さんの『知識的大衆諸君、これもマンガだ』と違う漫画論でしょう。あれは関川さんの今まで書いた本のなかで珍しく体系的ですね。関川さんの理論体系を一番はっきり出しているのはこの本でしょう。あなたの強みは、文学、小説をよくわかっているから、対抗ジャンルとして漫画を映し出す。前にふれましたが、いしいひさいち、いいじゃないですか。周りの問題などが浮かんできておもしろい。この本は、戦後の日本文化、六十年をよくとらえています。

関川　ありがとうございます。ものすごくうれしいです。でも、意外さの印象もあります。一番情緒的な本ではないかと思っていましたから。

鶴見　いや、あとがきがついているでしょう。これが、いままでの関川さんの自分に対する体系的な解明じゃないのかな。

関川 四方田さんの本でわたしが読みましたのは、朝鮮に関する本なんです。彼は若いときに韓国に留学していて、金素雲《きんそうん》（一九〇七〜八一）とちょっと親しかったんですよ。『朝鮮民謡選』を岩波文庫で出した金素雲です。その金素雲のスケッチを彼は描いているんですが、これは明らかに尊敬が邪魔をしていますね。

鶴見 金素雲というのは、ある意味で、天才だと思います。たいへんな能力を持っていて、そして人間の底に何かいかがわしい、嫌なものがある。彼は自分の子どもから、窃盗犯を生み出し、その一方で、金纓《きむよん》も生んでいる。金纓は、反日教育の中で育ち日本へ行くことを嫌っていた。そして、一人息子は日本で育ったが、接触することもとても嫌がった。……小説的な人物ですよ、金素雲というのは。北原白秋の影響を受けていて、日本語も優れているしたいへんな人だと思うけど、悪いやつだね（笑）。

関川 悪い人ですが、それも一種の才能ではあるんです。詐欺めいたことをずっとやってきた、日本で。でも、なぜか書くものがよくて日本語が美しいから生きて来られた。朝鮮を勉強する人ならば、金素雲の才能の両面性はみんな知っていました。

鶴見 武井（遵《じゅん》。一九三八〜）といいましたか、息子さん……。彼の存在と金纓の在り方と両方あって、その関係は、どこかカラマーゾフの兄弟みたいでしょう。

関川　遺伝のあり方、それ自体がおもしろいんですが、朝鮮に対して強迫的好意を抱くという転倒はわたしどもの世代にはありました。逆差別ですね。

鶴見　しかし、あるときに、肩入れするとそうなっちゃうというのはあるでしょう。

関川　しかし、そういう逆差別というか「プラス差別」が、戦後の朝鮮研究に大きな歪みを呼んだんじゃないかなと思っています。

鶴見　「プラス差別」の問題というのは重要だ。関川さんのおもしろいというのは、はじめから「プラス差別」の意識があったことでしょう。「どうして、進歩的ならば北朝鮮を支持しなければならないのか」といっていたでしょう。そのときからかなり時間が経ったので、「プラス差別」というものを理解する人は、多くなってきているんじゃないんですか。それが、関川さんの特色なんだ。

関川　四方田さんは魯迅にそれだけ踏み込めるのに、どうして朝鮮に関してだけは相手をほめ殺しにするような感じになってしまうのか、ちょっと不思議です。

鶴見　つきあっちゃうと難しい。

関川　それはわかります。でも、名刺を持たず、ネクタイもしていない者として朝鮮で仕事をすると、いかに差別されるかを実感します。やはり朝鮮は、官僚と「一番病」の本場なんですね。

不条理な怒りと作品の関係

鶴見　考えてみると、寺山修司（歌人、劇作家。一九三五〜八三）がバッと出てきたでしょう。やっぱりたいへん不思議なもので、青森で鶏の番をしていた人間が出てきて、しかも病にとりつかれるでしょう。

関川　ネフローゼでしたね。

鶴見　それで、もう命が終わりというふうにいわれ、そこからいっぺん立ち上がってくる。本当にもう、死のなかから立ち上がってくるという、捨て身の勇気を持って出てくるでしょう。お金を稼げるようになって人並みの暮らしができるなんていうのはもう目じゃないんだね。美人の細君をもらって、ちゃんとした家で暮らすようになった。出発点なんだけど、そこに、アナーキーな十代の少年がやってきて、煙草を喫んではさかんに絨毯の上に灰を落とす。そしてね、それが気になっている自分というのを見て、これと縁を切らなきゃダメだと思う。その少年とじゃない、そんなことを気にしている自分を潰さなきゃいけない。それで、決心したんだと寺山修司はいっていた。

いっぺん死んで、黄泉《よみ》の国から戻ってきたという人間なんだね。美人の細君とも離婚して。しかし、二人の結びつきがおもしろい。細君は最後まで彼にくっついていくでしょう。彼が死んだ後もね。寺山はおもしろい。短歌もね、寺山のは好きなんだ。本の読み手としても独特だった。彼の推す本はおもしろかった。

関川　若いうちに一回死んだという感じだったのは藤沢周平も同じでしょう。結核ですね。吉村昭（小説家。一九二七〜二〇〇六）もそうです。そういう死の淵から生還してきた人には、もう怖いものはあんまりないんでしょうね。

鶴見　吉田満（小説家。一九二三〜七九）や渡辺清（随筆家。一九二五〜八一）もね。

関川　吉田満は、戦艦大和の奇跡的生き残りですね。

鶴見　一種の共同体があるんだね。それは、生き残っている文学、芸術とは関係のない人たちに訴える力を持っている。そのことが、その人たちの読者なんだ。

関川　寺山修司の場合は、短歌から始めたんですが、短歌を原稿用紙に書いて送りつけて、それを見る目があった中井英夫（作家。一九二二〜九三）がいたのが大きいと思うんですよ。中井英夫といえば、小学校で先生とたしかご一緒でした。

鶴見　そうそう。わたしは中井の仕事のなかで、『黒衣《くろご》の短歌史』というのが一番好きなんです。断然、あれがいいと思う。中井っていうのは親父とのめちゃくちゃなケンカがあるんだ。

関川 ああ、あの人もそうでしたか。

鶴見 わたしも親父とめちゃくちゃな対立があるんだけど、中井は親父をものすごく怒っていた。母親ととても仲が良くて、その母親が戦災で死ぬ。そのことで、さらに親父に対して怒るんだ。「親父は、なんかヨーロッパに留学して、愛人を連れてずっと放浪していた」とね。親父のことをけがらわしいくだらないやつだと思っている。だけど、中井の親父（中井猛之進。一八八二～一九五二）はものすごく優秀なんだよ。分類学者で植物分類学なんです。東大の教授でも、成績はずっと上のほうでね。陸軍に徴用されたとき、はじめから陸軍司政長官なんだ。ジャワ島では今村均が司令官だったけど、今村均はすぐにラバウルに行っちゃって、そのあとを受け継いだのは原田熊吉という男なんだ。ジャワ全島のなかで原田熊吉陸軍中将の次に偉いのが中井の親父だった。

関川 それは偉い。そのとき鶴見さんはジャワにおられたんですね。

鶴見 わたしは、アメリカから帰ってきて、陸軍より海軍のほうが文明的だろうと思って（笑）。徴兵検査合格で、海軍に志願した。封鎖突破艦に乗ってジャワに行った。オランダ語はできないが、オランダ語から下訳をしてくれる人がいて、それを元にして通訳する。太平洋の島々にちらばっている海軍は、すでに制空権をアメリカに奪われていた。そこで、それぞれの島の地理に適した偽装用植物についての資料を集めよ、というのがわたしに与えられた最初の任務でした。

関川　偽装用植物ですか……。

鶴見　そこは陸軍地区で、陸軍地区のなかの海軍事務所。そこに赴任したばかりなんだけど、わたしに偽装用植物についての資料を作れというんだ。わたしは哲学科出身だから、おどろいたね。でも、しょうがない。ジャワ島第一、実は東洋一のボイテンゾルグ植物園というのがあるから、そこに派遣されたんです。そこに待っていたのが植物園長の中井猛之進で、中井英夫の親父だったんです。もちろん、わたしは当時、同級生の中井の親父だということは知らなかった。中井猛之進は、わたしをおだやかに迎えてくれたね。彼は、ジャワ島で二番目に偉い人で、こちらは小学校卒業でしょう。そんなへだたりがあるのに、二時間ほど講義してくれた。きちんとした講義で、わたしはメモを取った。テープレコーダーもなにもないからね。そして、彼は部下に命じて、偽装用植物の種類に合わせた苗木と種を持ってきてくれた。苗木は鉢植えになっていた。その後、トラックを貸してくれて、それを乗せて……部下が送ってくれたんです。その二時間の講義にわたしはとても感心した。こんなわたしにも、よくわかるように話してくれたんです。

関川　立派なお父さんじゃないですか。

鶴見　立派なお父さん（笑）。それで、わたしはパンフレットを作った。偽装用植物のね。それが、わたしの最初の著作なんだ（笑）。

関川　おや、それが処女作になりますか。「言葉のお守り的使用法」よりも前なんですね。

鶴見　満二十歳で作った。それを、ブーゲンヴィル島やラバウルといった太平洋の島々に送ったんだ。そこには、農民出身の人がいるでしょう。種と苗木を送ったら、どんどんそれを植えて行って、防空壕のように繁茂してたいへんに助かった。アメリカの飛行機が来たときに助かった、とね。ずっと感謝状が来ました。

関川　お役に立ちましたね。

鶴見　わたしの上官はものすごく喜んじゃってね、「君も作れ」というんだ。

関川　そのことで階級は上がらなかったんですか。

鶴見　上がらない。わたしは農民出身じゃないので、カボチャを作ってみたんだがうまくいかないんだ（笑）。このへんが困るんだ。理論はうまくいっても実践が伴わない。まったく知識人を絵に描いたようなものなんだ。

とにかく、私の最初の仕事を裏付けてくれたのは中井猛之進。
関川　その息子と高等師範付属小学校で一緒だったたんですねえ。
鶴見　隣の部屋なんだ。
関川　やっぱり、いい家の子の世界はせまい。
鶴見　そのころの小学校というのは、一部、二部、三部、四部、五部、六部。六部は特殊教育でね。一部の生徒は英語があるから月謝がちょっと高い。中井は、われわれより頭がいい……。
関川　中井さんは一部？
鶴見　中井は一部だった。一組四十二人で隣も同じぐらいで、それに六年間一緒だから、お互いに知っている。中井は、とにかく子どものときから親父に反感を持っていたんだ。「あの野郎、いばりやがって、くだらねえ野郎」と。

彼は、学徒出陣で徴兵を受けて参謀本部に配属される、暗号兵でね。市ヶ谷の参謀本部にいた。そこで、毎日日記を書いていた。ものすごい反戦日記（『彼方より』）でね。中井を動かしていた情熱というのは、親父に対する反感なんだ。敗戦の直前に、彼は腸チフスで熱病にかかって病院に入っていて眠り続けていたんで、八月一五日は知らない。戦争が終わって帰って来ると、母親は戦争で亡くなっていた。親父はジャワにいたまま。それで、中井は東大を辞めてしまった。

関川　「日本短歌社」に入っちゃいます。

鶴見　親父は帰ってくるけど、仲が悪いから、「金をくれ」といえない。東大の月謝なんてたいしたことないんだから親類を回ってなんとか学校に行けたと思うんだけど、意地になったんだ。当時はもう占領下で、親父なんて問題じゃないでしょう。それでも東大を辞めて、日本短歌社に入る。その前、大学時代に東大の仲間の嶋中鵬二と一緒に『新思潮』という雑誌をやっているんだ。中井の小説を見ると、嶋中鵬二に似た人が出てきて、めちゃくちゃにぶっ叩かれている。わたしは小学校だけだから彼の中にモデルとして登場していない（笑）。

関川　高等師範付属は多士済々ですね。

鶴見　中井は、クビにはならずに、小学校から付属中学へ行っている。中学校になったときに、余田という生徒がいて、ビリに近い成績だけど府立高校に入る。「余田が入れるんだったら俺だって入れるだろう」というので、わたしの同級生だった十人くらいがドヤドヤと府立高校に入る。その中の一人が中井。わたしはすでにその府立高校の尋常科で中学校一年のとき、クビになっている。中井は中学校を終えて、同じ校舎の高等学校に入る。わたしが、初めて彼の『虚無への供物』を読んだときに、「これは俺の知っているやつじゃないか」と思ったんだ。出てくる学校の光景が懐かしいものでね。

関川　それで……。

鶴見　編集者に問い合わせたら、答えが返ってきて、「そうだ」とね。中井との関係が修復して、といっても主に文通なんだけどね。彼の書いたものをいろいろ読んでみると、小学校の同級生のなかでは、性質はわたしに一番近かった。実際、会ったのは、小学校卒業してから一回だけ。

関川　ただ一度でしたか。

鶴見　京都に訪ねてきたときだ。

あるとき、速達が来て、「俺はガンだ。いっぺん来てくれ」と。わたしはびっくりして、速達で、「いつ、どこへ行くんだ」といったら、また返事が来てね。「誤診だった、来るに及ばず」と（笑）。だから一回しか会っていない。中井があるとき、京都に来たので、「君の親父は君のいうほど悪いやつじゃないよ」といったけど、彼は頑固だから、聞き入れない。

関川　話をうかがっていると、どちらのお父さんも悪い人ではなさそうです（笑）。でも、息子さんたちはそうは思わない。

鶴見　中井はこういっていた。「自分が同性愛だということに気がつかなかった。女を追いかけて宇都宮まで行ったことがある。あるときに、パッと気がついた」と話したね。同性愛はわりあいに気がつくことが遅い人がいるんだよ。女とうまくいかなくなったときにはじめて気がつく。気がつく場所もはっきり覚えているんだ。E・M・フォースター（イギリスの作家。一八七九〜一九七〇）は、カーペンター（イギリスの詩人。一八四四〜一九二九）の農場にいたとき、カーペンターが腰に手を回したときぞくぞくして、「ああ自分は同性愛だ」と思ったというでしょう。中井も遅れていて、二十六、七歳まで気がつかなかった。

関川　そうだったのか。そういうことは全然知らずに、中井英夫を読んできましたけど。いろんな意味で、びっくりしたなぁ。

鶴見　中井は、短歌の雑誌の編集者をしていて、偉大な役割を果たしているでしょう。

関川　中城ふみ子（一九二二〜五四）を発見しましたね。『乳房喪失』というタイトルつけたのが中井英夫でした。

鶴見　中城のところに行って、寝ちゃう新聞記者がいるでしょう。中井のほうがはるかにまっとうだね。中城を育てたんだから。

関川　取材に行ってそのまま病院に居ついて、もう死にそうな中城さんと寝ちゃった。

中城さんも、男性ホルモンが末期ガンに効くという信念をお持ちだったようですが。

鶴見 塚本邦雄（歌人。一九二二～二〇〇五）もいる。実におもしろい系列だ。

関川 岡井隆（歌人。一九二八～）も。

鶴見 編集者としてもすばらしいと思う。

関川 中井さんが、『日本短歌』の編集長をやめたあと短歌界反動期がきます。いわゆる前衛短歌の全員がパージされます。誰も塚本邦雄や寺山修司に原稿を頼まない。寺山修司が短歌の世界から離れたのはそのためだったと思います。

鶴見 中井というのはやっぱり、ひとつの仕事はしたんじゃないのかな。

関川 二つの仕事でしょう。『虚無への供物』も大きな仕事だと思いますね。

鶴見 もうひとつは戦中日記の『彼方より』。

関川 それは知りませんでした。

鶴見 参謀本部できちんと書くというのはすごい。

関川 公刊されていますか。

鶴見 全集の中にあります。親父に対する不条理な怒り、その偏見がなければあの日記は書けなかった。「あんな野郎」と思って、ジャワにいる親父のことを毎日憎んでいる。

そういうものなんだね。怒りや憎しみは人間の想像力をほとんど破壊しちゃう、潰しちゃうんだ。山田風太郎だって、あの戦争体験がなければあれほどの作品は書けなかったでしょう。彼の場合は両親が早く死んじゃっているからね。親戚の恩恵でお金をもらっている。それが非常に屈辱だった、十七、八の子どもとしてね。

関川　まずお父さんが亡くなり、お母さんが残る。父親の弟さんが家に入る。ところがお母さんが亡くなる。彼は孤児になる。それから父親の弟に後妻が来る。彼は居場所を失う。

鶴見　嫌だったんでしょう。ただ、ちょっといいこともあるんだ。そういう嫌な家族関係のなかで中学校に行っていた。そのときに担任として来たのが、奈良本辰也（歴史家。一九一三〜二〇〇一）でね。奈良本辰也は、「マルバツ」じゃないんだ。「ちゃんとした文章を書け」と教える。授業中にしばしば山田風太郎の作文を読んで聞かせたんだってね。山田風太郎は生まれて初めてほめられて、非常な解放感を持ったというでしょう。

関川　奈良本さんが豊岡中学の教員室で「この山田というのはできます。私は百二十点から百五十点あげますよ」といったら、「あれはあなた、不良の大将なんだ」とたしなめられたそうです（笑）。

鶴見　山田風太郎は文章を書くということを、とても楽しみにするようになったんだ。
関川　先生とのめぐりあう運ですね。
鶴見　寺山、中井、山田風太郎、いいじゃないですか。すっくと立っているでしょう。

日本の偉大な思想

関川　鶴見先生の本を何度目か読みまして発見するところがありました。それは「プラグマティズム」です。それまでも一応聞き知ってはいたんですけれど、だいぶ明らかになりました。その発想者が、みなアルバイトで測量をやっていたというくだりに新鮮な驚きを感じました。
鶴見　そうそう。不思議ですね。
関川　端的にいうと、「君がいっていることを、いったいどうやって測ることができるのか」ということですね。ああそうか、とにわかに腑に落ちました。わたしは、自分が相当プラグマティックな男なんだと思いましたよ。
鶴見　アメリカは広大な大陸だから、測量というのはものすごく重大で、また簡単にできるアルバイトだったんです。そして、山の中に入ってやるから測量というのは孤独なんですね。組になったって、相手は一人くらいでしょう。

関川　それからプラグマティズムへの意外なアクセスとして、佐々木邦（一八八三〜一九六四）の小説でしょうか。「ボーナスを持って帰って来るあなたを待っている」。

鶴見　それそれ。佐々木邦の『夫婦百面相』でしょう。

関川「あなたを待っているんじゃなくて、ボーナスを待っているのか」と旦那にいわれた奥さんが、「いや、ボーナスを持って帰って来るあなたを待っているんだ」とこたえる（笑）。ここに、プラグマティズムの思想があると。つまり融通無碍なユーモアですね。

鶴見　史上最高のプラグマティスト、それはイシで、とにかく、自分で作っちゃうんだから。

関川　イシ……？

鶴見　イシというのはヤキ族の最後の人です。カリフォルニア北部に住んでいた原住アメリカ人の小さな部落にいた。ところが、白人による殺戮のためにイシひとりを残して、その一族は全滅した。イシは、最後のひとりとなり、意を決して文明の前に姿を現わす。その聞き書きがあってね、いいんです（シオドーラ・クローバー『イシ——北米最後の野生インディアン』）。姿を現わす前の二年間、重大だと思うあらゆる生活技術を、彼はひとりで身につけたんです。食べ物を取ってきて料理するとか、袋を繕うとかね。母や女兄弟が生きていたときは、おそらく分担していた生活の技術を全部ひとりでやるんです。もちろん、白人に見つからないような潜伏生活だから、心理的に葛藤があったと思いますが、それも自分で収めていく。

聞き書きを読むと、白人たちは自然の理解に欠けていると見ていたんだね。その著者、クローバーはこう書き残している。

「イシは自分からすすんで白人の生き方を批評したりしなかった。……彼は白人を幸運で、創造性に富み、とても頭がよいと考えた。しかし、望ましい謙虚さと、自然の真の理解――自然の神秘的な顔。恐ろしさと慈悲の入り混じった力の把握において幼稚で欠けるところがあると見ていた」

つまり、生産本来、金本位でないみかたを身にもっていたんですね。イシは、森の中や川の中に入って、食べられるものを採ってきて自分で料理し、カヌーも漕いだそうです。それにね、イシの計測術は、指で測るんです。指、手、自分の体の大きさで、目算を出していく……。

プラグマティズムといって、別にウィリアム・ジェームズとかパース（一八三九〜一九一四）とかいわなくても、イシというふうに考えることがいいでしょう。

フランクリン（アメリカの政治家、科学者。一七〇六〜九〇）も測量に感応したでしょう。もうひとり初期のソロー（一八一七〜六二）は鉛筆を作った。食えなくなったら鉛筆を作るんです。作った鉛筆が、学校の博物館にありましたね。うまいですよ。鉛筆ってなかなか作れなかったんですよ。

関川　芯が固そうですね。

鶴見　使ってみたことはないけどね（笑）。

関川　私どもの世代は『ウォールデン　森の生活』を、一応英文で中学生くらいのとき読むんですよ。そういう時代だったんですね。

鶴見　ウォールデンはプラグマティズムでしょう。

関川　読んだ男は、長じてボストンのほうに行くと必ず訪ねるんだそうですね。それでみんなが驚く。町のそばにある池にすぎない。なんだ、森林生活じゃないのかと思う。

鶴見　森林だったんですよ。そのウォールデンも崩れているんですよ。小屋が崩れたあと、石の台があって、それだけ。やっぱり、イシ、フランクリン、そう考えていけば、いまも偉大な思想なんですよ。

関川　福沢諭吉もプラグマティストでしょうか。

鶴見　そうですね。丸山眞男が、近代日本の政治と社会について考えるときに、福沢諭吉を欠かすことはできないといってるでしょう。福沢諭吉について三巻本の本（『「文明論之概略」を読む』）を書いた。福沢諭吉をプラグマティックな哲人であったといった。発想や表現の道具の大方を当時の状況内部からとらえている、とね。そういうふうに考えるのはいいですよ。

関川　石橋湛山（一八八四〜一九七三）もそうだし、見方によれば小村寿太郎や児玉源太郎だってプラグマティックじゃないですか。

鶴見　そうです。石橋湛山というのは、総理大臣になった人物のなかで、この百四十年の最高の人ですよ。

関川　でも二カ月しかやらなかったですね。

鶴見　辞め方がプラグマティックなんだね。たいへんになったら、パッと辞めたでしょう。あれが、偉いんですよ（笑）。

関川　石橋湛山が病気を治して首相をつづけていたら、岸内閣は成立（一九五七年）しなかったわけでしょう。

鶴見　そうです。

関川　としたら、いわゆる安保反対運動というのは別の展開をしたでしょうね。でも現実は反岸運動になっちゃったわけですね。

鶴見　日本というのは、別に遺伝子が悪いわけじゃないんですよ。石橋湛山ほどの政治家というのは、世界各国見渡してもいないでしょう。全集（『石橋湛山全集』全十五巻）、読ませるんだ。第一巻から素晴らしいんですよ。初めは文芸批評家だったでしょう。「家庭で読める本がいい」といっている。ディケンズ（イギリスの作家。一八一二〜七〇）みたいな考え方でしょう。それが、石橋湛山の基準なんだね。だから、田山花袋（一八七一〜一九三〇）の『蒲団』なんていうところにいかない（笑）。『蒲団』は家族生活を豊かにしないでしょう。

関川　家族生活をダメにしちゃいます。『蒲団』は、真面目な人が真面目に考えすぎた小説で、ユーモアがありません。ということは、自分を客観できない。

鶴見　だけど、石橋湛山にはユーモアがありますよ。昭和二〇年の正月、彼は思い立って伊勢神宮へ行ったんだ。秘書の大原万平だけを連れてね。伊勢神宮から出てきたとき、大原万平が、「社長、何を祈られましたか」といったら、「一日も早く日本が負けることを祈った」とね。大原万平の手記にある。そういう人です。戦中日本の理想の人。

関川　それはよいお話です。その時期に一日も早く負けることを祈るのは、非常に愛国的ですね。それ以降、めちゃくちゃに不条理な被害が累積されます。

鶴見　それは、現場で止められるわけです。

関川　でも首相退陣だけは、プラグマティックでないほうが良かったんじゃないですか。

鶴見　がんばったほうが良かったですか。

関川　ええ、あの場合は。

鶴見　どうかな（笑）。前に彼は療養中の浜口（雄幸《おさち》。一八七〇〜一九三一）に辞めろと書いたことがあるんですよ。

関川　わたしは小さかったですが、石橋という人が首相になってすぐ辞めた。そういう記憶しかありませんが。

鶴見　軽い肺炎だったんです。あのあと、頭ははっきりしていたんだけどね。

関川　それは惜しい。

鶴見　彼がどうしてあんなに偉くなったのか、わからないんだ、いまでもね。石橋湛山の研究をしている松尾尊兊《たかよし》（日本史学者。一九二九〜二〇一四）に聞いたら、「妾の子だったからじゃないかな」というんです。それが石橋湛山の思想のきっかけになったんでしょう。早稲田大学の哲学科で田中王堂（一八六七〜一九三二）の生徒です。田中王堂は、苦学してアメリカに行き、デューイからプラグマティズムを学ぶでしょう。この田中王堂から石橋湛山は大きな影響を受けている。経営学は、偶然、「東洋経済新報社」にスカウトされたから、二十代の終わりごろから独学です。「小日本主義」を訴え、議会中心政治と武力による帝国主義の排斥を訴えたんだね。第一次世界大戦に日本が参戦することにも侵略することにも反対したし、賠償金をとることにも反対した。ものすごく筋が通っている。偉い人ですね。だけど、どうしてそういうふうに偉くなったのか、彼が妾腹である以外に、いまのところわたしは、ほかの手がかりを見つけることができない。

近代日本の過ち

関川　ところで、近代日本は何が悪かったんですか。

鶴見　「成功は失敗のもと」。それだね。

関川　日露戦争を勝利だったと認識したこと？

鶴見　そうでしょう。

関川　勝ちは勝ちなんだけど、相撲でいうと八勝七敗。

鶴見　負けなかったというところなんですよ。だけど、一九〇五年だけど、世界の歴史に、はたして児玉源太郎ほど偉い軍人はいないんですよ。

関川　しかし児玉源太郎は旅順攻撃のときに、結局、乃木希典（一八四九〜一九一二）から一時的に指揮権を奪って命令系統を混乱させましたね。

鶴見　そうです。

関川　当時としては、緊急避難的にやむをえない行為であったかもしれないけれど、のちのちに禍根を残したように思います。

鶴見　あれは、張作霖爆殺の原型になったということは考えられないこともない。だけどあのとき、掘っ建て小屋に入って乃木と膝詰談判をして、乃木から指揮権を取っちゃう。膝詰談判だから二人の会話を第三者は誰も聞いていない。児玉は、自分が指揮権を取ってすぐに二〇三高地を落としちゃう。そして、すぐに指揮権を返すから、乃木は伯爵になり軍神になった。そちらのほうが禍根を残したんじゃないのかな（笑）。

関川　おっしゃるとおり、それも禍根を残しました。

鶴見　乃木と東郷（平八郎。一八四七〜一九三四）が軍神になった。東郷は偉い人だったけどね。

関川　神社に祭られて神様になってしまいました。乃木さんのほうは、ずいぶん白樺グループには嫌われました。

鶴見　いや、乃木は詩人としては偉いんですよ。わたしは、秋山清（詩人。一九〇四〜八八）に感心するのはね、戦争が終わるとすぐ、「漂泊の詩人」というので、乃木の論を書いたんですよ。乃木をとても高く買っている。ああいうところは、秋山清は偉い人だな。

関川　漢文の教科書に、乃木さんの漢詩が出ていました。「山川草木転《うたた》荒涼……」。一九六〇年代には教えていたんですね。なかなか立派なものだと思った反面、こういう文人が軍の指揮をして、どういうものかとは思いました。

鶴見　軍の指揮は、いつも惨憺たるものだ。だけど偉いという人はいるんですよ。

関川　だったら従軍漢詩作者で行けば良かったのに。

鶴見　ただひとつの救いは、乃木が放蕩者だったということですね。日記を書いている。橋川文三が、古本屋に行ったとき、その日記があってね、これは偽物だと思ったんだけど、それを買って、帰って読んだら紛れもなく本物だった、とね。

関川　『乃木日記』が古本屋に。それを橋川文三が買う。すごいなあ。

鶴見　乃木は、もうヤケになって毎晩、芸者をあげて、酒を飲んで、芸者と寝ていることを克明に書いている。

関川　それも病気ですね、田山花袋のような過剰な正直者の（笑）。

鶴見　花袋と乃木を比べたら、花袋のほうはお金がないから、そんなに放蕩していないでしょう。
関川　放蕩はできませんでしたから、女性の内弟子に執着したんでしょう。
鶴見　巡査の子ですからね。
関川　でも、二人とも善人という点で共通していますよ。
鶴見　ああ、そうだ、善人は善人だ。花袋は晩年、『百夜』なんておもしろい小説を書くんだけどね。
関川　いい人だということは読んでいるとわかります。
鶴見　だけど、関東大震災のときは、朝鮮人を縁側から放り出して、ぶん殴っている。
関川　それは、老耄《ろうもう》が入っていたんじゃないですか。
鶴見　『木佐木日記』に出てくるね、そのシーンが。
関川　『木佐木日記』って、中央公論の編集者・木佐木勝（一八九四〜一九七九）の日記ですね。

放蕩の限りをつくしたはずの乃木が、ドイツ留学から帰ると、人が変わっちゃう。それ以後は常住坐臥、軍服を着て過ごすような人になります。善人がドイツに行くと完全にドイツ式に染まるんですね。

鶴見　鷗外と逆なんだ。ドイツに行ったら鷗外は放蕩者になった（笑）。
関川　善人は恐いです。望ましきは悪人ですか、やはり（笑）。

「ただの人」というあり方

鶴見　今日のテーマは……。
関川　今日は「ただの人」でした。
鶴見　「ただの人」とは何か。
　これはやっぱり核心の問題だと思うし、それが関川さんの考え方の重しになっていると思いますね。関川さんの、この『「ただの人」の人生』という本のなかで、鮮于煇《ソヌフィ》（一九二二～八六）という人の名前を出して書いているでしょう。この章のタイトルが、そのまま本のタイトルになっている。
関川　韓国の『朝鮮日報』の主筆だった人です。有名な言論人でした。
鶴見　自分ひとりでこっそり書くのですね。
関川　朴正熙の時代、金大中《きんだいちゅう》が日本のホテルから拉致された事件の直後でした。
鶴見　うん、朴正熙の時代。このときに、とにかく事実を見ようという所説。「ちゃんと事実を発表しなさい」。ただ、それだけのことをいうのですが、そのときに大変な興奮の嵐の中に……。

関川　そうですね。当たり前のことを言論人として書いただけなんですが、一時、救国英雄になりかけました。

鶴見　そこで、わたしが、わたしでなくなる場面が出てくるでしょう。「金大中事件」に関する社説を夜中にすり替えて書く。このときの、「これが人生の危機だ」ということを意識するところがすごい。このことだけが、非凡な人なんだ。ここが難しいところなんだね。「ただの人ではない」。そこを、関川さんは、『『ただの人』の人生』として描く。そう痛感する。鮮于煇は『朝鮮日報』の主筆として、金大中が東京で拉致され殺されそうになったとき、いろいろなルートで、この事件は現韓国政府がやったことだということを直感するんだね。そして、自分で、そのことを社説に書く。

関川　そのころは検閲がありましたから、早めに書いて降版すると検閲で削られるので、降版直前に一人で書いて、誰もまきぞえにしないように自分で組んで、すでに組版にあった記事とさしかえて印刷したんです。

鶴見　そのテーマは、「ちゃんと事実を発表しなさい」。それだけなんだね。その一行。これで自分の首がかかったようなものでしょう。次の日は大反響が起こる。うーん、ここで「ただの人」じゃなくなっちゃうわけだ。もし彼がそこでもう一度アクセルを踏めば、バーッといくことはわかっている。だけど、アクセルは踏まないんだ。日本の特派員がインタビューを申し込んでくるんだが、これは危ないといって応えない。

関川　捕まるから危ないんじゃなくて、憂国の有名人になってしまうことを危ないと考えるわけです。

鶴見　そのとき、韓国で、これに刺激されて、「ただの人」でなくなる人が次々に出てくるんだね。だけど、鮮于煇は、自分はそういう人にはなりたくないと思った。ただの人になる。そこに、自己演出があるんだ。ここだね。彼は、これが生涯ただ一度の演技じゃなかったんだね。前にそれがあるということが、関川さんのこの本に書いてある。

関川　朝鮮戦争のときでした。

鶴見　一九五〇年、一二月四日早朝、米軍と韓国軍の占領下にあった、平壌《ピョンヤン》で起こったことだ。平壌が敵性地域とみなされるという発表で、住民がパニックにおちいる。避難民が橋のたもとに押し寄せてくる。そのままでは、多くの人が冬の川に落ちることになるに違いない。そのとき、鮮于煇は、拳銃を空に向かって撃ち、「みんなで力をあわせて橋をなおそう」と声を張り上げるんだね。鮮于煇は、前日まで、この鉄道橋の修理手配の仕事についていた。突然の、「敵性地域」という布告に腹をたてながら橋を直そうとね。「切れ目に板を渡すだけでいい」と。ここはすごいね。

関川 大同江にかかる橋は爆撃でほとんど落ちかかっていました。飴のように曲がった鉄骨に板を仮設して渡れるようにしました。放っておくと、みんな我先に渡りはじめ、押されて川に落ちてしまうんですよ。一二月の北朝鮮の凍りかけた川です。

鶴見 一九五〇年一二月五日午後一時一五分。彼は、平壌から撤退する最後の軍人として大同江を渡る。でも、そのあともなんとかして「ただの人」に(笑)。「ただの人」の皮を着て、もういっぺん、金大中の拉致のことを聞いたときに、記事を書き換える。このとき、前の経験があったからだ。「ただの人」の皮を着て、「ただの人」として死ぬ。これが「ただの人」というところじゃないけれども、いささか……。

関川 「ただの人」から外れることを危ないと思うセンスの人は、「ただの人」じゃないということですね。しかし鮮于煇は、その態度を最後まで貫こうとした。

鶴見 上に上がれば上がるほど選択肢が少なくなっていく。そして、そのことがわからなくなってくる。上に上がれば自由が増して、いろいろなことができるという幻想を持ちやすいが、そうではないんだ。それは、運動が大きくなっていくときも、その運動のリーダーになっている人の選択肢は少なくなってくる。鮮于煇が感じたのも、それです。自分のところに日本からのインタビューの申し込みがあったときに応じなかったのもその幻想を持っていなかったからでしょう。

関川　言論人の英雄になろうと思えばなれた。

鶴見　でも、彼はただの人に返ったでしょう。そのことが、アメリカの民主主義にとってひとつの星に、導きの星になっている。日本のリーダーは、総理大臣になるとか、大きな運動のリーダーになるというときに、選択肢がもう狭まってきて、自分が視野狭窄になっていることがわからないんだね。

人間の歴史は、そういうもので、『家常茶飯』（ライネル・マリア・リルケ）という戯曲がある。鷗外の訳なんだが、その戯曲の後に鷗外は記者のやりとりの中でバーナード・ショウの『悪魔の弟子』をあげている。牧師の家に警察が踏み込んできて、そこにいた男をバッと捕まえて連れていく。彼は、ただのお客なんだ。家の主じゃないと弁解できたんだけど、黙ってのこのこ連れていかれる。牧師に恩義があったわけでもなく、仁義を通したのでもなく、「自分は牧師ではない」と言うのが嫌だった。それだけの話。だけど、いまの話とある意味では対でしょう。彼がそれからどうなったかは書いてない。無実の罪なんだ。ただの人が、無実の罪に巻き込まれる、人間の歴史のなかで、それに甘んじるということ、それがただの人ができることでしょう。

関川　わたしは、鮮于煇と東京で一度だけお会いしたことがあります。古格のある普通の朝鮮人という感じの人でした。司馬遼太郎が鮮于煇を大好きでしたね。どうしてかというと、この人は知日で反日なんです。知日にして反日の人の意見というのは、日本を知らずにただ公式的反日をいう人の、いわゆる正義の理屈とは違って、ほんとうに身にこたえる、そう司馬遼太郎はいっていました。司馬さんは、鮮于煇のような人が韓国から消えていくことを、とても惜しんでいました。

鶴見　司馬遼太郎は、『街道をゆく』で、そういう人間を、それまでも「英雄」を書いていたときも、そういう人間を描いていました。『街道をゆく』では、そういう人が中心でしょう。偉くなっても腐らない人だね。

関川　そういう部分は戦前的な文化とか習慣のうちにあったのではないですか。世の中、やっぱり悪くなっているんじゃないですか。

鶴見　一九〇五年以後、下降曲線をずっといくんです。これはもう、今年直せるとか、来年直せるとかいう問題じゃない。

関川　でも、「一九四五年以降、日本はよくなった」という物語があるわけですね。それを長年わたしたちは信じていたんだけれども。

鶴見　わたしが考えるのは、一九四五年以前と四五年以後は、区別が一つだけあるんだね。それは東大を出て高等官僚になったら、賄賂を取るようになった。そして、テレビで同じようなことをいって謝る。「あってはならないことだ」とか、いろんなことをいって、すぐ謝るよね。それだけは、戦前になかった変化だ。天皇制も弱くなったということです。

関川　たとえば先生もお書きになっているけれども、宮部みゆき（一九六〇〜）の『蒲生邸事件』に描かれた昭和一一年の東京の市井は、とても懐かしく思われます。

鶴見　あの作品はいいところにいっている。平田という男がいるでしょう。時間を超える能力を持っているんだね。こっち側で生き続ける権利を自分で放棄する。そして、昭和二〇年の戦火のなかに没していって死んでしまう。それは自分の選択なんだ。人と人との細やかな関係があって、それが選択の根拠になるんだね。宮部みゆきの傑作です。

関川　わたしもあの作品にはびっくりしました。あのさわやかさと懐かしさは、藤沢周平の懐かしさに通じます。

鶴見　そうそう。

関川　でもわたしたちは、二・二六事件以降、坂道を転げ落ちるように日本はひどくなったといわれつづけてきたわけですよ。

鶴見　だから、そう考えれば、いまはどんどんひどくなって、直らないんだけど、そのなかで道があるじゃないの。宮部みゆきは灯火を与えている、この世に生きる、とね。

関川　そうですね。もうその先の歴史がわかっているのに、主人公は時空を超えて戦前に留まろうとする。

鶴見　すごいね。

関川　死ぬことがわかっているのに。

鶴見　ある意味ではね、イエス・キリストの伝説と同じだね。死ぬとわかっていて……。

関川　九七年頃だから、そういう小説を書いても誰も文句をいわないけれども、六〇年代にああいう小説は書けなかった。書いたら袋叩きにされたはずです。

鶴見　不思議な小説なんだ。

関川　その意味で、いまのほうが六〇年代よりいい時代じゃないか、といういい方ができますね。あるいは、誰も気にしなくなったということかな。

鶴見　あの細やかさにあうことは、むしろ戦中にはあったでしょう。いまは粗雑な関係が普通だから、とんでもないことだね。

……「ただの人」ね。「ただの人」というのは重大だと思う。自分がただの人として、書く人と読む人の間をつなぐ橋となる。それが、関川さんが自分を置いている場所だと思う。つまり、「ただの人」として書くというのは、これは相当難しい。

関川　「ただの人」として書いていると、いつか必ず「ただの人」からはずれるときがくる。そういうパラドックスですね。

鶴見　むしろ読み手のほうが、楽といえば楽なんだね。読み手でも、まったくただの人になっちゃったら、おざなりなものばかりいうような人になっちゃって、これはもう読み手としてよくないと思う。読むほうが逸脱しながら、ただの人を尊重して、読み手と書き手の共同体を作っていく、そういう場所を取っていると思うね。それがいまの日本としてどこにあるか、というところで、漫画が登場する。これはおもしろいと思う。

問題は学歴が高くなったことで、日本に知識人は絶えた。「この一行、おもしろいんだよ」とね。そのことを大学生は自覚していない。つまり、「マルバツ」でバーッときているから、結局、東大、京大に入る。京大はかつては無試験で入れるというよさがあったんだけど、それも絶えて、東大と似たようなことになっちゃった。これで京大には未来があるかという別の問題があってね。わたしは京大が好きだから、なにか嫌な感じに思っているんだけどね。

……だから、これからどうなるのか。なぜ、東大からはノーベル賞が出なくて、京大からは出るかという問題にもからんでいる（今は東大からも出ている）。

関川 そうですねぇ。

鶴見 だけど、東大教授は自分が知識人だと思っている。

関川 露骨に思っていますね。

鶴見 だから、関川さんの「知識的大衆」というのがある。その知識的大衆のなかに、良質なのと非良質なのがある。これは、いまの日本の知識人をとらえるのに非常におもしろい。

関川 ただの人、普通の立派な人がいくらでも出てくる。それを心の支えにしたいですね。

鶴見俊輔先生の「敗北力」

関川夏央

鶴見俊輔先生との最初の対談は、一九九七年の三月、NHK教育テレビであった。とはいうものの、当初から私には対談のつもりはなかった。戦後思想史に大きな足跡を残した巨人にインタビューできるよい機会、そう思って臨んだ。

京都北郊の落着いたお店で話し、先生のご自宅でも話して長時間におよんだ。そのあと鶴見さんは突然、「君、散歩に行きましょう」といわれた。つづきは歩きながら話そう、というのである。

鶴見さんがいざなったのは、京都・岩倉のご自宅近くの神社であった。

私は意外に思った。この人は「進歩派」のはずだし、れっきとした「戦中派」でもある。ゆえに神社とはもっとも遠い存在ではなかったか。

しかるに神社はコミュニティの結び目だ、と鶴見さんはいわれた。神社の広くて静かな境内には、清浄の気配だけがある。それ以外は何もない。ときどき神々が遊びにきて、いま生きている人々と宴を持つ。そうして神々も人々もしめやかに笑いさざめく。それがいいんだ、といわれた。

対談（インタビュー）を終えてしばらくのち、テレビ番組の分を文字化したいという編集者が現われた。

だが、起こしてみると尺が足りない。いささか古くなってもいる。再度の対談は出版社の肝煎りで、二〇〇二年、やはり京都で行われた。インタビューである、という私のスタンスはかわらなかったが、そのときの原稿は、はかりがたいさまざまな経緯の末に放置されたままになった。また時はすぎた。

二〇一〇年の晩秋に至って当時の編集者が、今度こそ本にしたいといってきた。送られてきた不完全な整理原稿を、私はていねいに読みなおしてみた。

時間の経過の印象は、いかんともしがたい。しかし、たしかにこれは「戦後時代」最大の思想家鶴見俊輔の肉声である。この原稿が反古にならず、とにかく日の目をみることになるのはめでたい。私はそう考えた。

話のなかで鶴見さんは、自分は不良であった、悪人であった、としばしばいわれた。

そうだったんですか、と相槌は打ったものの、あまり信じてはいなかった。

後藤新平の孫である。父親は、ベストセラー作家を兼ねた官僚出身の高名な政治家・鶴見祐輔で、姉は社会学者として知られた鶴見和子である。そのうえ私には、東京高等師範附属の生徒は、戦前の小さな知的貴族だと思っていた。

だが、この人はその高師附属中学から拒絶され、入学した七年生高校、転じた府立中学、ともに素行不良で追い出された。中学生のくせに年上の女性とつきあい、父親に、いっそ山へ入って蜜蜂を飼って暮らせといわれた。結局、蜜蜂を飼うかわりにアメリカへ行った。

そんな話をするとき、普段は穏やかな鶴見さんの目がキラッと光るのである。そういう瞬間にだけ、昔日の都会の不良少年の凄みのようなものがのぞくのである。

アメリカ行きは一種の流刑であった。だが数カ月後のある日、突然乾いた砂のように後頭部から日本語がこぼれ落ち、言語が英語に入れ替わった。そうして日本では小学校卒業の資格しかないのに、十六歳でハーバード大学に入学した。

ハーバードを卒業したのは十九歳のときである。すでに日米戦争は始まっている。卒業試験のために、教授が敵性市民の収容所まで出向いてくれた一九四二年、交換船に乗ってアフリカまわりで帰国した。

私はこの人に戦前という時代の明るさと、都会の早熟な不良であった昔の面影を見た。有閑階級の親の過干渉を思い、またアメリカという国の懐の深さに驚いた。すなわち、この人に歴史を見た。

鶴見さんの少年期にかかわるエピソードで忘れがたいものがある。それは吉野源三郎『君たちはどう生きるか』のことだ。

一九三七年、岩波書店に三十八歳で入社し、やがて日本初の新書判教養シリーズたる岩波新書を創刊する吉野源三郎は、入社直前のその年の八月、『君たちはどう生きるか』という少年向けの都会小説を書いた。

物語の時制は一九三六年の晩秋から翌年の春まで。ところは東京。高等師範附属中学（と思われる学校）の一年生、本田潤一君（コペル君）が、デパート（松屋）の屋上から冷たい霧雨に煙る銀座通りを見下ろしているシーンが冒頭である。

コペル君は、「こんなまじめな、こんな悲しそうな顔」をした東京をはじめて見た。ここに無数の人々が暮らしているのだ。「眼鏡をかけた老人、おかっぱの女の子、まげに結ったおかみさん、前垂《まえだれ》をしめた男、洋服の会社員」。眼下の銀座通りの自動車や市電の流れを泳ぐように自転車で走る「小僧さん」。そういう人びとが「水の分子」

のように、東京の空の下で生きている。そう思うと不思議な気持になった。

あの小僧さんは、たったいま自分に見られていることを知らない、とコペル君は考えた。でも僕だって、近くのビルの窓のどこかから誰かに見られているとしても、やはり気づかないのだ。ということは、自分も「水の分子」の一個にすぎない。

この瞬間、コペル君はコドモ時代を脱した。それは、自分中心の「天動説」から、自分もまた大勢の中のひとりにすぎないのだという認識、すなわち「地動説」へのコペルニクス的転換といえた。コペル君というあだ名をつけたのは、本田君の父親が亡くなる前に息子の後見を託した、東京帝大を出たばかりの叔父さんである。

吉野源三郎は一九二五年に東大哲学科を卒業したが、共産党と連絡ある身の上となり、三一年、治安維持法で検挙された。ちょうど予備召集中であったので、軍法会議にまわされて陸軍刑務所に一年半入った。出獄して失業の暮らしが三年ほどつづいたとき、作家の山本有三に、「日本少国民文庫」（新潮社）の編集に協力しないか、と声をかけられた。山本は吉野の窮状を救おうとしたのである。

『君たちはどう生きるか』は「日本少国民文庫」の最後の配本として、三七年八月に出た。日華事変勃発ひと月後である。山本有三著として刊行されたのは政治的配慮であった。

コペル君の家には粉ミルクの缶がある。コペル君が乳児時代にお世話になったオーストラリア産の粉ミルクだが、いまはおやつの容れ物になっている。この粉ミルクにコペル君は思いをめぐらせた。オーストラリアから赤ちゃんだった自分のもとに、どんなふうにして届いたのだろう。

牛がいて、牛の世話をする人がいる。乳を搾る人がいて、それを工場に運ぶ人がいる。製品となって日本の港に着いてからも多くの人が関係した末に、近所の薬屋に届く。それを小僧さんが家へ運んでくる。

「(粉ミルクは)とてもとても長いリレーをやって来たのだと思いました。工場や汽車や気船を作った人までいれると、何千人だか、何万人だか知れない、たくさんの人が、僕につながっているんだと思いました。でも、そのうち僕の知ってるのは」「薬屋の主人だけで、あとはみんな僕の知らない人です」——

丸山眞男は一九一四年生まれ、コペル君より九歳の年長で、物語中の「叔父さん」とだいたい同年齢である。この本が出た三七年に東大法学部を出て助手となった。『君たちはどう生きるか』を読んで、「これはまさしく『資本論入門』ではないか」と感嘆した丸山眞男は、自分と同年代の「叔父さん」にではなく、「叔父さん」によって人間と社会への目を開かれるコペル君の立場に身を置くことで「魂をゆるがされた」。

丸山眞男は書いた。

「資本論の〝常識〟くらいは持ち合わせていたつもりです」「にもかかわらず、いや、それだけにでしょうか」「私は、自分のこれまでの理解がいかに〝書物的《ブッキッシュ》〟であり、したがって、もののじかの観察を通さないコトバのうえの知識にすぎなかったかを、いまさらのように思い知らされました」(「『君たちはどう生きるか』をめぐる回想」)

鶴見俊輔は、『君たちはどう生きるか』を、一九三九年、ボストンの日本人歯科医の家で読んだ。コペル君より一歳年長の彼が十七歳になる年である。

そして後年、このように書いた。

「私はハーヴァード大学哲学科の一年生で、日本でこういう形で哲学の本が書かれていることにおどろいた」「そのころ私は西洋哲学者の名著を毎日たてつづけに読むなかで」「(それら名著に)少しもおしまけず、それらをまねするものとしてでなく、この本がたっていると感じた。日本人の書いた哲学の名著として、私はこの本に出会った」(「記憶のなかのこども」)

コペル君の亡くなったお父さんは銀行家だった。級友の北見君のお父さんは予備役陸軍大佐、水谷君の家は海を見下ろす高輪台の広い洋館で、ポーチのある玄関から書生が、訪れたコペル君たちを案内してくれるのである。同級生ではただひとり、浦川君だけが小石川の豆腐屋の息子で、お店の仕事をよく手伝っている。

鶴見俊輔も高等師範附属の生徒であった。そしてその同級生には、たとえば中央公論社をうけついだ嶋中鵬二、東工大教授を長くつとめた永井道雄、前衛短歌運動を盛り立て、伝説的な推理小説を書いた中井英夫などがいた。そのまわりに年少の賢い美少女たち、嶋中雅子や一時澁澤龍彦夫人であった矢川澄子などがいた。

丸山眞男は府立一中の出身だが、吉野源三郎は高師附属の大先輩である。中流以上の東京の家庭と特権的な学校を中心とした、戦前の都会文化の厚みを感じさせる豊かな円環であった。そこに不良少年のアメリカ留学という劇的な要素が無理なく添えられる。そうして私は、憧れにわずかな嫉妬の気持をまじえて鶴見俊輔と正対していたのである。

二〇一〇年に八十八歳になった鶴見俊輔は、その年の暮れ「二〇一一年を生きる君たちへ」(「文學界」二〇一一年一月号)というインタビューにこたえた。題名は、親しかった司馬遼太郎が遺言のように残した少年向けの文章「21世紀を生きる君たちへ」に借りたのであろう。

そこで鶴見さんは、「四つの全体主義」に四周をかこまれた日本と日本人の、今後の生き方を提言されている。

「四つの全体主義」とは、ロシア、北朝鮮、中国の全体主義、それにアメリカの「ティーパーティー」運動のような全体主義である。二〇一一年、アメリカがビン・ラディンをパキスタンで暗殺したとき、歓喜の声を高々と上げたアメリカ人もそうであろう。それがやむを得ない選択であったとしても、人の死、ことに暗殺の成功に歓喜することはない。ただ静かに処せばいい。そんな常識の通用しないところが全体主義なのである。日本はユーラシア大陸の東方海上、または太平洋の西端で孤立無援の感がある。

「敵の大将たるものは、古今無双の英雄で、これに従う兵《つわもの》は、共に剽悍《ひょうかん》決死の士」

西南戦争で政府軍が歌った「抜刀隊」の一節だが、敵の大将（西郷隆盛）とその軍を強敵とみとめつつ戦いに臨む態度が、いかにも古い日本である。西南戦争後の宴で明治天皇は、「西郷をそしらずに歌をよめ」といわれた。そんな惻隠《そくいん》の情に満ちた古い日本の気組みを、私たちは「近代化」の果てに忘れたのではないか、と鶴見さんはいわれるのである。

二〇一一年三月一一日のあとには、「敗北力」という短文を雑誌に寄せられた（「世界」二〇一一年五月号）。

「敗北力は、どういう条件を満たすときに自分が敗北するかの認識と、その敗北をどのように受けとめるかの気構えから成る」

『日本人は何を捨ててきたのか』という本書の表題は鶴見さんの言葉からいただいたのだが、日本人が「捨ててきたもの」のうち、もっともかけがえのないのは「敗北力」だと考えておられるようだ。

では「敗北力」とは、具体的にはどのような場面で発揮され、将来へのどのような布石となるか。

昭和二〇年代のある日、鶴見さんはニュース映画館のスクリーンでこんなシーンを見た。当時の共産党書記長で、やたら元気のよかった徳田球一が議会でさんざんに与党攻撃演説をした。そのあと、どうだ参ったか、と吉田茂首相に身ぶりを送った。「吉田茂はそれに対して笑いを返している。その呼吸がなんともいえない」

このユーモアの「呼吸」が「敗北力」だという。

日露戦争のとき日本の軍隊は、児玉源太郎、大山巌の指導のもと「敗北力の裏打ちある勝ち戦を進めることができた」「しかし、この敗北力は大正・昭和に受けつがれることがなかった」。

敵を研究して、敵を軽んじることなく、しかも勇敢であろうとすること。また攻勢終末点と「戦後」について早くから思いめぐらすこと。それこそが「敗北力の裏打ち」であろう。

長州藩は文久三年（一八六三）、馬関海峡で英国を中心とする列強四カ国と戦い、完膚なきまでに敗北した。英国留学を急遽切り上げて帰国したものの、この戦争を止めることができなかった伊藤博文は、焼かれた下関の町を歩きまわった。「（そして）西洋料理の材料を集め、上陸してきたイギリスの使節をもてなす用意を自ら監督して成しとげた。こんなことができる人を最初の総理大臣にするのだから、当時の日本人は欧米諸国を越える目利きだった」

アーネスト・サトウは伊藤の、この「敗北力」に感服した。

伊藤博文の幼名は俊輔、鶴見さんの父祐輔は伊藤の柔軟さ（「敗北力」）を高く評価して長男を俊輔と命名したのである。

時はすぎ、老いて第一線を退き枢密院に上がった伊藤博文は、明治四二年十月、ハルビン駅のプラットホームで韓国人に暗殺された。韓国併合に消極的であった伊藤が死んで、日韓双方にもっとも損な結果をもたらす併合への流れが急加速する。

今次大戦の「戦後」時代は、いわば「負けに乗じた時代」にすぎず、「敗北力」を鍛えたわけではなかった。「負けに乗じる」性癖はこの六十余年で日本人の肌にすっかり沁みこんだ。当今の日本の首相は重大事象に直面したとき、度を超したいらだちをしめしながら、ひたすら不満と不安を述べるばかりだが、それは「敗北力」とはほど遠い態度である。

一七世紀はじめの元和《げんな》堰武《えんぶ》以来、日本に爆発的な人口増加が生じた。平和が訪れると、戦国期にたくわえられた日本人のエネルギーは生産と流通に集中して投じられ、一千五百万人の人口が百年後の一八世紀はじめには三千万人に達した。

これに匹敵するのは、一六世紀後半のエリザベス一世治世下「黄金時代」のイングランドで三百万の人口が五十年余で五百万になったケースだが、規模ははるかに小さい。日本はその後、三千三百万人を上限としながら人口を人為的に停滞させつつ明治に至った。

一九世紀後半の西欧型近代化への転換以来再び爆発的な人口増を見た日本だが、一九八〇年代以後は急激に増加率を低下させ、二〇〇五年の一億二千八百万人をピークとして、有力先進国中はじめて人口減少に転じた。日本は人口増加において世界記録をつくり、減少シーンにおいても世界に先駆けた。

その結果、国民の平均年齢四十八歳という異常な高齢化国家となり人類史上の未知の領域に踏み込んだわけだが、これもまた「戦後」時代の達成の結果なのである。すなわち、日本には「超先進国」としての歴史的宿命と役割がある。

鶴見さんは「敗北力」の最後に、こう書かれた。

「今回の原子炉事故に、日本人はどれほどの敗北力をもって対することができるか。これは、日本文明の蹉跌《さてつ》だけではなく、世界文明の蹉跌につながるという想像力を、日本の知識人はもつことができるか」

日本の「知識人」、というより日本の「普通の人々」、あるいは「知識的大衆」は、その真価をたったいま世界史の最先端で問われている。

（二〇一一年六月）

この本への感想

鶴見俊輔

漫画の絵を描く人・谷口ジローさんといっしょに漫画の流れをつくってゆく、そういう人として、関川夏央さんは、私の前にあらわれた。

私の生まれる前の江戸時代が、漫画の方法で、私のおぼえている日本とまざりあい、私のよく知らない、すでにはじまっている未来と共に描かれてゆく。

それは、なつかしさというのとはちがう。

夏目漱石はなぜああいうふうに、今あらわれている現代日本ととけこむような作品を書けたのか。今、目前にある日本に必要な批判を作品の中に刻みこむことができたのか。そういう二つの問題を考えてゆく手がかりを与える作品だった。

この対談は、数年前に、京都の自宅であったことなのだが、今、読み返して、新しい思いつきを付け加えるところを見つけることはできない。

この数年のあいだに私が耄碌《もうろく》した。そうだと思う。

自己は遠い。

関川さんという人とめぐりあい、言葉をかわすことができて、私は、自分の考え方を前よりもあきらかにすることができた。

ひるがえって、関川さんの考え方を、私はあきらかにすることができたのか。


この土地に住む人びとの考え方を、関川さんの話を通して、いくらかあきらかにすることはできたのではないか。

身ぶりと漫画は、法隆寺の天井裏にひそむ落書き以来、日本史をつらぬいて流れる。

関川さんは、その流れを汲む現代人である。

現代日本の文化に未来はあるか。これまでの日本文化をひきうける道を見出すことができれば、未来はあるように、私には感じられる。


理論に足を取られると、土地の毒にあたると、南北戦争の敗者のあいだに育ったフラナリー・オコナーは書いた。明治以来のヨーロッパ思想模倣の段落を迎えた近代日本は、自分の中にひそむ身ぶりとつきあいの中から、新しいみちへの手さぐりに入ろうとしている。

二〇一一年六月一一日

文庫版のための「あとがき」

関川夏央

十八年前の一九九七年、七十四歳の鶴見さんは最初から自分の中の「悪人性」を強調された。「自分は悪人である」「自分はがんのような存在だ」としきりにいわれたが、率直にいって、あまりピンとこなかった。それでも、それがたんなる修辞でないことだけはよくわかった。

しかし、のちにご本人の書きものや語った言葉で、昭和初年の十代前半の悪辣といえる不良少年ぶりを知り、自分の理解の浅さに気づいた。

東京高等師範附属小学校三年生の頃から鶴見さんは万引き集団を組織して、年長の少年を子分扱いしていたという。育ちのよい東京の子たち全校八百人中、ただひとりの不良であることが得意であったという。だが、そのため附属中学校には推薦されず七年制府立高校に進んだが、尋常科（中学課程）の一年と一学期で放校になった。大量に買い集めた性的な本を学校内に隠していたことが発覚したせいだという。編入試験を受けて府立五中に入り、ここも一年でクビになった。

府立高校の同級生は、頭がよくて勉強もできる鶴見少年が、試験の答案をわざわざ四十点か五十点に仕上げるため、書かれた正答を消しゴムで消すのを見ている。そうして気に入らなかった教師を殴り、学校を辞めてしまったという。痛々しいエピソードである。
十三、四歳から夜の街に出入りして女給やダンサーと関係を持った。さらに自殺未遂五回、精神病院入院三回というから凄惨というほかない。厳格すぎる母親への反発が原因だというが、むしろ病的に早熟な資質・体質に苦しんだ末のことであろう。
十五歳のとき、父親（鶴見祐輔）が、土地を買ってやるからそこで女とミツバチを飼って暮らせ、といった。

俊輔はミツバチを飼うかわりに単身アメリカへ渡った。数カ月後、突然後頭部から乾いた砂がこぼれるように日本語が抜け落ち、英語の頭にかわった。十六歳で大学共通入学試験に合格してハーバード大学に入学した。哲学を専攻してクワイン、ホワイトヘッド、カルナップ、ラッセルら一流の先生に学んだ。

飛び級するくらいに成績はよく、もはや「不良」とも「悪」とも縁がなさそうだが、本人は、今度は父親譲りの「一番病」にかかった、それも「悪」だったと苦く回想するのである。

日米開戦後の四二年三月、無政府主義者としてFBIに拘束された。その年の初夏、メリーランド州の捕虜収容所から提出した卒業論文が受理されて、ハーバード大学を十九歳で卒業した。交換船の中で二十歳を迎え、帰国後、海軍軍属の英語放送翻訳要員としてジャワに赴任した。四四年末、胸部カリエスが悪化して内地送還、終戦は日本で迎えた。二十三歳であった。それにしても華やかであって、かつ気の毒な十代であった。

歳月はとうとうと流れ、二〇一五年七月二十日、鶴見さん自身の言葉を借りれば、九十三年の「悪との共生」を終えられた。「昭和戦前の不良少年」は、その面影を宿したまま、遠い彼方に去った。


（二〇一五年八月）

解説　さようなら、鶴見さん

髙橋秀実

もし自分が戦時中に青年だったら……。

と想像してみることがある。今でこそ「戦争はすべきでない」「愚かな行為」などと明言できるが、戦時中だったら自分はどう振る舞うのだろうかと。

私は体格も大柄で柔道二段。先生や先輩方に逆らうこともなく、どちらかというと忠誠を誓ったりする質なので、もしかすると「甲種合格」かもしれない。立派な軍人として期待され、期待に応えるべく教練に励んでいたかもしれず、そうなると鶴見俊輔さんとは口もきかなかったのではないだろうか。なにしろ彼は良家の御曹司である。自分のことを「悪人」と称し、14歳で女性と「放蕩」したと豪語する。そして15歳でアメリカに渡り、名門ハーバード大学を卒業。しかし日米が開戦すると「負ける側にいたい」と帰国する。軍隊では「日本人であることがいや」でたまらず「一刻も早く負けて欲しい」と祈っていたそうなのだ。

貴様、なめてるのか！

貧乏人で童貞（当時）の私は思う。いや、きっと思ったと思う。正直にいえば、今でも少しそう思うのだが、関川夏央さんの突っ込みのおかげか、本書を読み進めるうちに次第に気持ちが打ち解けていくような気がした。読むというより聞くというべきか。文字化された肉声を聞くことで、彼の「思想」が身に沁みたのである。例えば、鶴見さんは「ネガティブ・ケイパビリティ（受け身の能力）」の重要性を力説する。これは自分の思想を押し出すのではなく、人の影響を受けて自分を変える能力だという。付和雷同とさして変わりないように思えるが、彼はこう説明した。

パアーッと投げられたときに柔道でいう受け身ですね。

あれだったのか、と私は膝を打った。柔道というと相手を投げる技ばかりが注目されるが、最も大切なのは「受け身」である。そもそも柔道は護身術なのだから自分から技をかけるわけではない。相手に襲いかかられた時にいかに受けるか。たとえ投げられても畳を手で強く打つなど受け身をしっかりとれば、ダメージを受けず、また立ち上がれる。柔道は受け身に始まり、受け身に終わるといわれるほどで、終始一貫受け身なのだ。戦争もそうかもしれない。「勝つはず」だと信じて勇ましく前進するのはゲームの戦い方としては正しいが、戦争はゲームではない。負けた時の受け身こそ考えるべきで、日本はその能力を忘れていたのである。鶴見さんは母親への反抗心や恨みつらみをくどいまでに述べているが、それもきっと彼なりの受け身なのだろう。大仰に言うことによって身を守る。80歳を過ぎてもなお畳をパンパンと叩いているのだ。

語り口は思想なんです。

という言葉も私の胸に響いた。「思想」などというと、内容、あるいは体系を思い浮かべるが、そうではないのである。軍国主義と民主主義も内容こそ違っていても、威張って語れば同じように聞こえる。思想の対立も、実は語り口が同じだから対立するのであって、内容も鶴見さんのいう「言葉のお守り的使用法」にすぎないので、言葉を少し入れ替えれば大差はないのだ。体系化についての指摘も目が覚めるようだった。なんでも「生命のトータルの否定ができるから、思想の体系性ができる」「自分の生の外に立つ、架空の場所に自分を置いてみるから、完全に体系化ができる」とのことで、要するに生きることを否定した人に限って、体系化が可能になる。体系化とはすなわち生の拒否なのだ。私もかねがね「思想」と呼ばれるものがなんでこんなにつまらないのかと疑問を抱いていたが、それも生の躍動感が欠けているから。生きていれば体系化するヒマなどないはずで、ヒマに付き合わされるからつまらないのだ。語り口が思想だとするなら、すべての人にそれぞれ思想があるわけで、人の話に耳を澄ますことこそが思想を学ぶことなのである。安倍晋三首相の語り口などは機械仕掛けのように平板な印象があるが、おそらくこれも思想。鶴見さんによると、日本の首相は靖国神社で戦争で亡くなった人たちを「お祓いしちゃったから」、犠牲者たちを背負っていないそうで、だから安保関連法案についても妙にスラスラと語れるのである。

鶴見さんは自称「タヌキ」というだけあって、その語り口もトリッキーだ。関川さんの突っ込みに「待ってました」と言わんばかりに「そうそう」などと答え、「でもね」「だけど」「しかし」とはぐらかす。まるで結論を先送りするようで、私はそこに鶴見さんの人恋しさを感じた。特にナショナリズムに対抗する「ペイトリオティズム（郷土主義）」の解釈には思わず微笑んだ。彼にとってペイトリオティズムとは「コンビニ（コンビニエンスストア）」なのだという。そこは会話こそないが、「親しみがある」「どこでものこのこ行ける場所」。さらには「未来に通じるものがある」そうで、これから日本人は能のように「のろのろのろのろ」歩くべき。ゆっくり歩いて「別の時間を作り出す」ことで未来が開けるのだと。これは「思想」ではなく彼の「生きていく」という表明だろう。

さようなら、鶴見さん。さようならは別れの言葉ではなく「然様なら」。そうならば、という意味で、そうならばお話がしたかった、と軍隊で一緒だったわけでもないのに私は思った。人は話してみないとわからない。本書を読んであらためてそう教えられたような気がしたが、鶴見さんには「でもね」と言われそうである。

本書は二〇一一年八月、筑摩書房より刊行された。各章の初出は以下の通り。

【初出】
第一章………未来潮流「哲学者・鶴見俊輔が語る　日本人は何を捨ててきたのか」（NHK教育）1997年3月15日放送（放送分、及びそれ以外の収録から起こして加筆した）
第二章………2002年12月3日、4日　京都、徳正寺にて収録。

ちくま学芸文庫

日本人《にほんじん》は何《なに》を捨《す》ててきたのか

二〇一五年十月十日　第一刷発行
二〇二一年六月十日　第六刷発行

著　者　鶴見俊輔・関川夏央
発行者　喜入冬子
発行所　株式会社　筑摩書房
東京都台東区蔵前二―五―三　〒一一一―八七五五
電話番号　〇三―五六八七―二六〇一（代表）
装幀者　安野光雅
印刷所　株式会社精興社
製本所　株式会社積信堂

ISBN978-4-480-09699-9 C0195